疫天行道

惟得 著

目錄

以書悟道——《疫天行道》代序

黎漢傑

從《字的華爾茲》開始，與惟得先生合作，編輯出版他的書已將近十年，卻好像很少對他的作品，無論散文抑或小說，直接有過什麼評論，甚至是普通的讀後感。十年過去，倒是時候要好好交這一份逾期多時的功課。

編輯校對《疫天行道》時，我曾發電郵詢問書稿裏面兩個作家的中文譯名是否出錯，分別是阿根廷的 Jorge Luis Borges，以及德國的 Günter Grass。一般現在華文世界通行的譯名，前者是波赫士，後者是葛拉斯；本書用的卻是波豈士與為葛拉軾。本來還以為是先生一時不小心的筆誤，沒想到原來背後有一段故事。惟得先生在電郵裏面是這樣回覆：「Borges 譯為波豈士，Günter Grass 譯為葛拉軾，純粹是個人對也斯的懷念，特別是 Günter Grass，也斯初在《大拇指》介紹給香港讀者，就譯為葛拉軾……」原來譯名是關乎懷念好友，更關乎當年他們一起編輯的文學期刊——《大拇指》，所代表的那段文青歲月。簡單幾個字的譯名，原來背後有一段說來話長的故事。

恰巧，本書的小說，無論長短，都關涉一段又一段故事——書的故事。〈晦書房〉直接就是講述主人公作為顧客在書店檢拾、瀏覽舊書，理所當然出現一連串的世界名家與名著，分門別類：「書架的額頭倒貼有黑色的標籤，上面寫着『哲學』、『心理衛生』、『音樂』、『繪畫』、『攝影』、『電影』、『遊記』、『歷史』，與及其他比較受歡迎的科目，方便同一家族的書籍易於辨識，甚至小說也分門別類」，書就像自助餐那樣，堆疊成山成海。而在小說中比較多提及的主要有托爾斯泰的《克萊采奏鳴曲》、波豈士的《迷宮》、加繆的《鼠疫》和卡爾維諾的《樹上的男爵》。如果單純提到名字的話，那當然沒什麼特別，但小說裏鋪敘這些書的內容，篇幅甚至與主人公的故事相當，則無疑是有深意所在。

幾本書都是名著，故事梗概對文學發燒友不會太陌生。托爾斯泰的《克萊采奏鳴曲》：「是個殺妻的故事，男主角似乎患有躁狂症，厭惡人類，包括自己的妻子」，「想強調獨立的思想與約定俗成的社會規條的衝突，帶出道德與獸性的搏鬥，一個壓抑慾望，一個鼓勵慾望，拼個你死我活。」波豈士的《迷宮》其中一章〈環形廢墟〉，小說主角的讀後感是：「固然生命有時像廢墟，世事的流轉不是時常依循環形的軌跡嗎？……如果說戰亂由歌舞昇平啟始，吃得過飽渴望飢荒，那麼，疾病也可以是健康的開頭。」《樹上的男爵》講述的是一個充滿想像力的故事：「男爵哥哥與父親發生爭執，賭氣躍到樹上，發誓再不重回地面，接着的二百六十頁，全靠卡爾維諾的功力，用生花的筆把男爵哥哥撐到樹上。……卡爾維諾引領我們重回初民社會，見證自給自足的生活原型，我們是被物質文明寵壞了。」加繆的《鼠疫》則最「應景」，小說講的城市，又正是瘟疫橫行的時候：「奧蘭城就是我們的姊妹市，當今寰宇村的縮影。奧蘭城是一個沒有鴿子沒有樹木的小城，人們只顧迷頭迷腦工作，沒有時間臆想作白日夢，多賺取幾塊傍身的錢，就是生活裏的胡蘿蔔加大棒，眼前的美景不值一哂」，瘟疫發生，改變了整座城市，「書中的角色幾乎成了我的親人，因為不知道他們的下場，彷彿有天大的事情未曾安置，徒然令我牽腸掛肚」。

細心的讀者應該留意到這幾本書並不是隨意加插，若果「以意逆之」，則不妨大膽假設都是或多或少與本書的背景——疫情有關。《克萊采奏鳴曲》講「殺妻」的真正原因不是某個人的意志，而是整個道德墮落的社會，會不會呼應疫情之所以發生，不在於某個人某個國家，而是在於整個世界的道德倫理都出了大問題？《迷宮》那種事物循環的理論，會不會也可套用於現實，指出文明的極致，則必然有大災難的伴隨？刻意講述《樹上的男爵》環保先鋒的男爵，是否也暗指現在的物質文明其實並不是世界唯一的選擇，也許疫情的發生就是驚醒我們生活必須回歸初心？《鼠疫》難道不像家裏播放的新聞節目，對當下現實疫情正在發生的片段，鉅細靡遺地以文字轉播出來？

以上的解讀，當然不一定正確，或者說其實根本就沒有所謂正確的答案。重要的是作者透過多個文本並置，將無數的平行時空召喚讀者面前，讓大家自己去思考，自己去領悟。

如此，像互聯網 hyper link 那樣，透過一篇小說，出現其他小說的內容，而這些出現的小說，又和原本《疫天行道》的幾篇小說有內容上的關連，讓讀者去理解本書各篇的寓意。這種手法，其實正是Julia Kristeva所講的文本互涉（Intertextuality）。所有文學作品，按Julia Kristeva的理論，其實都和他人之作形成互涉，是從其他文本中汲取或建構出來的，文本彼此互相聯繫固然見諸所謂炫耀才學的舊體文學類型例如駢文、賦，但即使是現代文學標榜獨創的小說或新詩，同樣都存在文本互涉，才能得以建構整個故事世界。

觀乎此，也就可以理解為何這次收錄的小說，全部都與「文本」脫不了關係。〈晦書房〉如是，其他四篇作品：〈罩鳴曲〉、〈疫天行道〉、〈心居繭出〉、〈問道於〉都見得到。〈罩鳴曲〉呼應小說題目，多個音樂文本交錯其中，計有：德布西的《牧神的午後前奏曲》、《水中倒影》、《海，三幅管弦樂交響素描》；巴赫的《前奏曲和賦格》、《b小調彌撒曲》的〈基督垂憐〉；莫札特的《C小調第四首幻想曲》；蕭邦的《練習曲作品10第3號》。莫札特的《C小調第四首幻想曲》出現在小說主角因不滿親人忽然變臉，下令隔離而衝出街外，那刻偶然見到的一幕：

從房門到家門到大廈的玻璃門，我彷彿衝出重重魔障……只好硬着頭皮，漫無目標在街頭亂闖……我忽然聆聽到一段熟悉的琴音，反正無事可做，便循着聲音的方向走去，隔着竹籬，我看見一男一女在家門前的空地練琴，男子把大提琴的尾針插進泥地，女子把小提琴擱在肩膀，就這樣互動起來，兩人都戴着口罩，沒有對話，藉着琴音也就一問一答，竟是莫札特的《C小調第四首幻想曲》……

按這首樂曲共由五部分組成，即前四個部分和一個尾聲。第一部分為慢板，情感比較壓抑，之後第二部分開始轉為快板，節奏變得明快，而終末的尾聲則又回到開首的節奏，這其中部分章節更是第一部分的直接重複，表現情緒跌入谷底，旋即又轉換節奏，再趨激越。莫札特透過樂曲表達他即使生命到了最後，也一定會抗爭奮戰到底。回頭看〈罩鳴曲〉，「我」因盛怒衝出家門之後，入住酒店，與姐姐陷入冷戰，內心交戰、衝突過後，還是願意與對方言歸於好：「重新進房，我的心境豁然開朗，第一件事就是用手機按動姐姐的電話號碼。」而且，即使缺乏物資支援，仍然化險為夷。到了最後「我」仍然健康如昔日，沒有因為嬰兒的噴嚏而受感染。

〈疫天行道〉更直接虛擬小說裏那位寫作的奶奶一系列作品，例如：長篇小說《花旗心》寫的是：

男主角自維城大學畢業後，申請到花旗國半工半讀，畢業後在一間中學覓得教職，卻是一段寂寞而又苦楚的旅程，愛情固然多番波折，事業也要從低做起，先後當過了餐廳侍應、酒店的門僮、在野雞大學教授中文，辛酸不足為外人道，十年後返回維城相親，黑髮裏隱藏銀絲，親戚朋友還以為是金光閃爍，親戚朋友安排下結識了女友，她滿腦子只憧憬着花旗國的美好前程……

正如〈疫天行道〉本身的背景設定一樣，都是一個移民漂泊，身在異鄉的故事。其他虛構的小說「文本」，還有長篇的《還鄉》、《傳家寶》、《夢都》；短篇的〈我把心留在唐人街〉、〈到外灘學英語〉，內容不是鄉愁，就是青少年時期的豆芽愛情夢，這當然和〈疫天行道〉華人移民第二代與第三代之間的代溝，以及女兒剎那即逝的朦朧愛情故事，一一相關。

〈心居藺出〉題目這四個字，是「深居簡出」的粵語諧音。對照故事，主人公又確實「深居簡出」，離婚以後，甚少社交應酬，「最害怕禮尚往來的繁文縟節」，遇上疫情，「每兩星期才到超級市場添置口糧」，似乎也不特別感到困擾。當然，小説並不止於此，故事更刻畫了今時今日的社會，人與人之間的「心居藺出」。即使是親人，甚至是父子、兄弟，也不了解對方，關係就如同一屋簷下的陌生人。所以，人們普遍都會遇到與其他人溝通才發生的倫理問題，因此報紙上由哲學教授主筆的專欄：「倫理學的思辯」意外地人氣高企，即使哲學教授病倒了，專欄還要主人公代筆繼續下去。不過，報紙編輯找主人公的理由，事後看來，並不是特別高明：「只是平時與你交談，深知你的品味，有一次聽你拿康有為的大同及譚嗣同的以太，與笛卡兒的二元論及斯賓諾沙的泛神論作比較，頗有見地，而且你的文稿深思熟慮，也流露書卷氣」，但這也僅限於書本上的知識，但倫理學要求的不單是理論，還有考慮實踐。觀看他對侄兒「風流事故」一事前後的處理，卻不怎麼表現出「倫理學」的睿智。看來，書裏書外，要斟酌拿捏的分寸還是有一些分別。

疫情期間，難以行萬里路，只能讀萬卷書，但看書，倒頭來都是為了理解現實的人生，參透人與人、人與世界的道。從本書的文本世界，不知下一個讀者看到的道又會是怎樣呢？

二〇二五年四月二日

晦書房

(aka Biblioteka Obscura)

風動，幾片楓葉機伶伶地打了一個寒噤，悄然無聲便從枝杈間掙脫出來，拂過我的臉，舒泰地躺到書店前的舊葉堆曬日光浴，然而夕陽已是迴光返照，只亮起一瞬間，迅即黯淡下來，落葉不為意時近深秋傍晚，溜出來又不能回轉，一時臉色是驚駭的黃轉為羞赧的紅。倒有深綠的幾片，帶着淡黃赭紅的細邊，我俯身拾起一片，打算用來做書籤，不知道落葉想要傳遞的是壞消息。推門進入書店，頂上的銅鈴細碎地哼唱，門羅夫人從櫃枱的書堆裏抬起頭來，贈我一朵歡迎的微笑，我莽撞地把一堆落葉從街外踢進店裏，眼鏡框也閃爍着兩圈羞慚，且借手中把玩的彩葉當花，敬奉佛脾氣的店主人。微暗的偌大空間，同類型的書籍親密地擠在一起，褪成淺棕色的書架便一層層向上攀爬，直到天花板。書架的額頭倒貼有黑色的標籤，上面寫着「哲學」、「心理衛生」、「音樂」、「繪畫」、「攝影」、「電影」、「遊記」、「歷史」，與及其他比較受歡迎的科目，方便同一家族的書籍易於辨識，甚至小說也分門別類，西部牛仔不會擅闖科幻的領域槍戰決鬥，浪漫的男女不會混進查案的天地談情說愛，經典文學不會滲進口甜舌滑的散雜句語，我便放心地俯身過去，抽出一本細讀。這些年大都會興起不一樣的書店，書架低矮，牆上貼的圖像和類型標籤，佔地比書本還多，五顏六色的架，旁邊圍着與書籍無關的玩具，還未提到文房四寶、時裝、室內裝飾和電子用品，想是世道艱難，書店也要兼職百貨公司，倘若附設咖啡座和糕餅部，還要三頭六臂扮演超級市場的收銀員，我對古舊派的書店卻是情有獨鍾，純粹販賣書香，我們可以心無旁騖站着瀏覽。

不止翻書，經常舉辦與作家會晤的活動，亦是我喜歡到訪的原因。書架前擺數十張摺椅，書店搖身一變成為小小的學堂，以文會友。也不用擴音器，作家響亮地朗讀自己的作品，說是朗讀，更像背誦，因為墨漬猶新，作家可以從記憶裏翻出檔案，遇上感動自己的段落，用略帶顫抖的聲音來唸，希望叩響讀者的心弦，很多時候果然成功了，讀者回報熱烈的掌聲，當然鼓掌也可以出自禮貌，但我寧願相信他們出自真心，只不過憑藉一些文字，兩個本來不相識的人可以產生心靈感應，我對書本又多了一份尊敬。應邀到來的多是作家，也有陰謀論、日內交易、保護野生動物，甚至殯儀服務的演講，當然少不了音樂助興，還有讀書會、寫作群組、詩人朗誦的聚會。有一次門羅夫人還以天大面子，請來一位教授，闡釋音樂與文學的千絲萬縷，放響的頭炮是托爾斯泰的《克萊采奏鳴曲》，這本小說中學時代我也曾經涉獵，是個殺妻的故事，男主角似乎患有躁狂症，厭惡人類，包括自己的妻子，找個藉口把她毀掉，主幹已不討好，托爾斯泰說故事時又迂迴曲折，採用倒敘手法，旁加很多枝節，我看得不耐煩，未及一半已經掩卷。教授卻提醒我，《克萊采奏鳴曲》的靈感來自貝多芬寫的第九首小提琴奏鳴曲，說是小提琴奏鳴曲，其實不太準確，伴奏的鋼琴佔的比重與小提琴相等，貝多芬先讓小提琴拉奏C大調的樂段，再安排鋼琴重複同一樂段，用的卻是C小調。翻閱西方樂理，大調通常傳遞樂觀與肯定的情緒，小調則表示悲觀與沈鬱，貝多芬一開始便帶出強烈的對比，暗喻一場戰爭，托爾斯泰把音符搬到紙張，是想強調獨立的思想與約定俗成的社會規條的衝突，帶出道德與獸性的搏鬥，一個壓抑慾望，一個鼓勵慾望，拼個你死我活。

一陣書香自講座旁的小桌飄送，上面擺賣多本《克萊采奏鳴曲》，家裏的版本在搬屋時遺失了，講座完畢，我又興致勃勃選購，並且排在人龍邀請教授簽名，提醒自己曾經遇見一位領航員。經過教授導讀，托爾斯泰的字句用嶄新的姿態在我眼前曳行。我開始明白男主角的躁狂，他並不想成家立業，渴望自由自在的生活，然而世俗給每一個人劃下指定的方向，似乎條條大路都要通往婚姻註冊處，男主角想到最好還是遵從，只把自己推入歇斯底里的境地。在第二十三章，托爾斯泰甚至清楚闡明音樂的效應，音符挑釁人的感情，在樂句的領導下，我們進入作曲家設定的情感世界，一剎那與他們共同進退，然而音樂只是提供一個起點，不像世俗要指定終站，小說的男主角聽妻子與小提琴家演奏《克萊采奏鳴曲》，從急板到行板，繞道變奏曲停在頗為沈悶的終章，心境似乎漸趨平和，對妻子充滿體諒，以後怎樣善待生命，倒要看他個人的修行。我忽然想起文學，其實與音樂也有很多共通點，不一定要激勵美麗崇高的情操，甚至可能喚醒潛藏在內心的憂慮和恐懼，到頭來還是要靠自己馴服這些放肆的悍獸。

教授之外，我還有一位啟蒙導師，遠在天邊近在眼前，是家裏的媽咪，她是自由撰稿人，擅長寫書評，也兼職為兒童少年書刊寫新書註釋，懷着我時已經手不釋卷，難怪我與書本投緣，我不像其他年輕人沈迷社交網絡，因為自出娘胎，媽咪已經和我一起讀圖畫書，每個月家裏又收到一箱箱雜誌社寄來的新書樣本，識字後我已經時常拿來翻閱。最記得十三歲的一年，有一天我幫忙媽咪揭開書箱，從眾多少年讀物抽出肯尼斯．歐珀的《生死靈藥》，信是有緣，隨手翻到第二章，取名「晦書房」，拉丁原文是「Biblioteka Obscura」，一見鍾情，特別如磁石般誘惑，徵得媽咪同意，便毫不客氣地坐下來展閱。那年頭我喜歡靈幻幽微的物事，晦書房深埋在法蘭根斯坦家族的地窖，二百多年來無人問津，三名不知天高地厚的少年男女無意闖席，似腐爛湖畔草般發霉的氣息最吸引我。天花板低垂着飄忽的蜘蛛網，旁邊一個燻黑的大壁爐，桌上奇形怪狀的玻璃器皿和金屬儀器東倒西歪，似煉丹的實驗室，用指頭一掃，櫃枱的塵埃打開一條羊腸小徑，書櫃更塞滿一列列大部頭書，儘管書脊多已脫落，倒可以辨認出拉丁文、希臘文和其他不熟悉的語文，細心留意，還找到阿格里帕．馮．內特斯海姆的《神秘學》，這些書記錄消滅花園蛞蝓的咒語、烹調蠱惑人心的愛情藥、通靈的玄學……，都屬旁門左道，難怪羅馬天主教廷列為禁書，與當今我們發達的科技相比，只像小孩子的幻夢，卻是「理解世界最原始的嘗試」，就是這句話牽引我讀畢全書。

並沒有就這樣罷休，還想知道歐珀貼身追隨法蘭根斯坦的神話傳說，抑或另起爐灶離題萬丈？我一頭栽進《科學怪人》的懷抱，瑪麗·雪萊的世界並不容易闖蕩，我須要隨身攜帶一本字典當導遊書，她的寫法也不是我向來習慣的平鋪直敘，每翻過一頁，就要面對雪萊另一場挑戰，幾番想到放棄，謝謝媽咪的鼓勵，堅持下去，終於走畢全程，是我第一本不因為要做功課而讀的經典名著，野火燃燒起來便不可收拾，我接着讀史蒂文生的《金銀島》、柯南道爾的《福爾摩斯全集》、狄更斯的《塊肉餘生錄》和馬克吐溫的《頑童流浪記》，八年來逐漸進軍托妮·莫里森、加西亞·馬奎斯、葛拉軾的殿堂，似乎順理成章。然而，眼看手勿動，我並沒有沾染媽咪的靈氣，中學優秀的成續方便我兩年前初考進大學，不知天高地厚，一進校園便興高采烈地選修一課「美國文學史」，書單陳列的愛倫坡愛默生梭羅都是可口名菜，教授也像好手廚師在講壇上熱炒烹調，可惜我不消化，第一次測驗，一小時要作兩篇文章，先是分析梅爾維爾的《白鯨記》與加爾文主義的關係，繼而縷述霍桑的《紅字》怎樣詮釋罪惡、知識與人類境況，我竟然啞口無言，一枝筆比銅鐵還重，往日的讀書心得純粹是一場笑話，都化為煙霞，到頭來只證明自己是個空心老倌，心灰意冷，十分鐘後決定交白卷，從此絕跡校園，暫時到一家咖啡店沖咖啡過日辰，前途一片茫然，每星期到門羅書店參加免費講座，妙想經營書店可以是一種生活方式，忐忑的心又有了着落，今晚我也是存心到來聽課，時間將至，卻不見有任何動靜，起碼書架前沒有摺椅，我從口袋裏掏出單張，上面分明宣傳一位作家到來述說文學與哲學的關係，日期就是今晚，我沈不住氣，來到櫃枱前打擾門羅夫人，答說作家病了，這種活動極為罕有，過後不知道崔護可會重來，我雖不致被病菌感染，倒像給人迎面潑了一盆冷水，只覺乍冷乍熱，又不好意思立即離去，即管在書店徜徉了一會，倒有新發現，書店騰出一角販賣舊書，原本十多元的袋裝書，只售五角，我轉嗔為喜，可惜今晚沒有攜帶背囊，不能買得太多，隨手挑了波豈士的《迷宮》和加繆的《鼠疫》，來到櫃枱付錢，我打趣問門羅夫人，為什麼大賤賣，她苦笑着回答，書店的業主不斷加租，近日讀者又只熱衷在網上購書，生意一落千丈，再也負擔不起，書店過了這個月便會停業，很多舊書都會賤價而沽，請我留意。門羅夫人說得輕鬆，我只感覺給人澆冷水之外，還遭逢暴風雨，而且沒有帶傘。

咖啡店不是朝九晚五的白領工作，這天我為了聽講座，特意與同事調換工作時間，接下來的一星期，我又得依循下午二時半到晚上九時半的時間表，書店早在晚上七時關門，重新到來撿拾平價書，已經是八天後的事，我專誠攜帶一個背囊，然而好書早已給人捷足先登，值得買回家裏珍藏的並不多。可以從另一個角度看光陰似箭，這星期回復早班，上午七時半報到，下午二時半離開咖啡店，乘搭公共巴士輾轉到來，已是四時有多，左挑右選，小心揀擇，兩小時又枉費，書店行將打烊，我匆匆付過款，把八、九本袋裝書塞進行囊，索性穿過後門離去，有人在後巷遺棄一張摺椅，我即管放落背囊坐下來，先抽一根煙。讀中學時我與煙酒無緣，是咖啡店的阿紫引我誤入歧途，我吸過她推薦的第一口煙，有份如夢初醒的感覺，以後再也不能回轉，家人不喜歡我抽煙，爹地還在香港的會計師樓工作，山高皇帝遠，媽咪卻在溫哥華與我同住，一看見我的口袋鼓脹，探手過來，香煙包便丟進垃圾桶裏報銷，所以我也只能偷偷在外面抽。後巷恬靜，喧嘩都阻隔在大街那邊，我可以暫時舒緩一下，空落的景致卻讓我想到沒有着落的前途，無疑爹地媽咪都有能力供我讀大學，然而我可以選修什麼？爹地固然希望我繼承父業，可是我一看見數目字便頭痛。我喜歡看書，順理成章可以選讀文學，我卻不會寫作，畢業後惟一的出路是當中學教師，然而我只不過二十剛出頭，還是一個需要人管教的大孩子，也不知道自己怎樣可以春風化雨。

咖啡店的暑期工轉為畢業後的長工，倒是始料不及，我也順利從收銀和沖現成咖啡的初哥，擢升為主理濃縮咖啡吧的熟手師傅，無疑泡製濃縮咖啡是獨一無二的手藝，操縱泵壓機須要傳送適中的壓力而不是重力。一杯濃縮咖啡的用料大約是滴漏式咖啡用料的三分之二，但用水量少得多，這個沖泡過程帶出了咖啡豆的精華，咖啡渣也要適可而止，才能保持甜味。然而咖啡香始終不是我心目中的書香，我也曾考慮過步門羅夫人的後塵，驚聞她慘淡收場，徒然令我止步。煙蒂在微暗的天色下半明半暗，一如我患得患失的心境。後門咿啞，門羅夫人與兩個職員從裏面出來，各人手捧一個蘋果盒，書籍幾乎滿瀉，丟棄在回收箱旁邊，我揚起夾着煙蒂的手，她們尷尬地一笑，隱到門後。我按熄煙蒂，蹲下來撿查蘋果箱，翻出卡爾維諾的《樹上的男爵》、莫拉維亞的《同流》、艾可的《前一天的島嶼》，義大利文學讓我想到一杯沖泡得完美的濃縮咖啡，頂層鋪着金棕色的泡沫，義大利人喚作 crema，傾注均勻的泡沫牛奶，增加潤滑度，並且保留一股香氣。既然它們都淪為棄嬰，我就不客氣收進背囊豢養，箱內可能還有更多寶物，然而我的背囊已經超載，只好狠心讓它們與垃圾同流合污。

乘搭公共巴士時心情無由地雀躍，返抵家門卻又感到焦躁，吃飯也是狼吞虎嚥，看得媽咪皺眉，家裏有洗碗碟機，說是幫忙媽咪，我也只是胡亂地把骯髒的碗筷塞進去，洗滌劑也撒到盛盤外，弄得一塌糊塗，我懶得理會，開動機器，蹓回房裏。低矮的書架用廉價的木質棧板做，三層書架幾乎飽滿，多是媽咪想要拋棄的新書樣本，加上我剛從背囊裏掏出來的書，已經不勝負荷，好幾本要擱在書架上，隨便撿來一本，就是上星期帶回來的《迷宮》，久仰大名，我卻從來沒有看過波豈士的作品，聽說他用疏懶做藉口，專供短篇小說，我隨意翻到〈吉訶德作者皮埃爾．梅納爾〉一篇，正襟危坐細讀，不熟悉的人名已經令我頭昏腦脹，他還要列出一張書單，從 a 到 s，我最害怕機械式的記敘，急忙闔上書本，屈在房裏坐立不安，或者不是波豈士的錯，我拾起背囊，向媽咪借了一個垃圾袋，重新出門。「這麼晚還出去，想偷東西？」媽咪打趣地說。「怎麼說得這樣難聽，人棄我取，是保護文物。」其實我也有點作賊心虛。「不明白你在說什麼，早去早回。」雙腳倒懂得辨認方向，引領我到書店的後巷，三個蘋果盒還在，我把垃圾袋鋪到地面，將盒裏的書傾出來，小心撿閱，我居然錯過了尼采的《瞧！這個人！》、《善惡的彼岸》、《查拉圖斯特拉如是說》和《悲劇的誕生》，任它們當垃圾般填海就真是悲劇，慶幸自己再來。

接下來的六天，晚上我惟一的餘興就是模仿陶侃運甓，說要拯救書本，也不是每次都有收穫，有一晚書店的後門只堆疊着幾箱禾林出版公司的言情小說，封面盡是半裸的壯男參扶露肩的少婦，羅曼蒂克竟是色情加上幽怨，袋裝書拿在手裏像磨擦一下便大量滋生的泡沫，還未翻身已經逐一爆破。另一晚我抽出諾斯特拉達姆士的術數書，即管翻一翻，倒詳盡地解釋怎樣預測未來，可惜作者卻計算不到有一天自己的心血竟與垃圾為伍，我啞然失笑，重新把它埋進書堆裏。雖是撿拾珍珠，也要撥開繁雜的禾桿，幾乎不想再去，下一晚我倒撈得莎士比亞戲劇全集，不是我收藏在家的薄薄幾本，而是悲喜劇加上歷史宮闈，全數三十七齣，他的心血結晶，拿在手裏也覺得重甸甸，無疑要把精髓都濃縮在有限的紙張，只能動用蠅頭小字，倒難不倒我一雙青春的眼睛。我喜孜孜地把枕頭書放進深綠色的塑膠袋裏，正想鳴金收兵，猛然聽見皮靴敲在柏油路的聲響，趁着曖昧的街燈，份外令人心驚肉跳，抬起頭來，兩個黑影在陋巷的另一邊晃動，等到移近，卻是兩個穿着警察制服的人，我心中一凜，本能地丟去膠袋，拔腳便跑，這次甚至莎士比亞也不能救我一命，走不了幾步便給警察制服，反手壓在牆壁，身上的口袋褲袋都給警察搜遍，手電筒的強光照到我的臉上。「三更半夜，你一個人在這裏鬼鬼祟祟在幹什麼？」「我……我不過來撿拾幾本人們捨棄的舊書。」「不致於這般簡單吧？」在警察面前，簡單的事情可以變得複雜，大公無私的意圖聽來像痴人說夢。他們不由分說，把我連人帶袋塞進警車裏。

與警方的周旋真像一場荒誕的把戲，門羅夫人總算證明我的無辜，警方沒有把我拘押，當場無罪釋放。然而深夜造擾人家，我始終感覺內疚，對運書的行動意興闌珊，賭氣索性把一袋書留在警局，一個警察追出來，說書袋既然屬於我所有，倘若丟棄在警局就是亂拋垃圾，不止違法還要罰款，我熱心的一刻給人當賊辦，想要奉公守法又被迫接受賊贓，法律真教人無所適從，我無奈又把書袋帶回家。開門進屋，已經是早上五時多，媽咪還沒睡，衝着我的臉質問我整晚的行蹤，她雙眼佈滿紅絲，似乎有哭過的跡象，她說已越洋和爹地商量過，天亮若仍然不見我的蹤影，會去報警。電話響起來，是爹地從香港打來，媽咪把電話交給我，讓我親自向爹地交代，我深惡老人家問長問短，懶得提起運書的事，胡扯說上了阿紫的家，爹地也就無言，媽咪倒尾隨我入房，提醒我年輕人要小心行事，推薦我用避孕套，我差點沒笑出聲來，看見我把書從袋裏倒到書架旁，卻又轉移她的注意力，怒氣沖沖地說：「怎麼又帶了這麼多垃圾回家，你若不好好收拾，明天我把它們都丟進回收箱裏。」新簇簇的書本在她眼中可能珍貴，一放到回收箱，立刻貶值。我實在太疲倦，懶得與她辯駁，倒頭便呼呼入睡，醒來時已經到了上班時候，放工後我也沒有執拾房間，過了幾天，書本還是原封不動，天下的媽咪都是這樣吧？經常發出最後通牒，臨時又狠不下心，這就是身為人母的可愛處。

沒有回到書店的後巷，警察局的事件，在我心中築起重重魔障，英雄氣慨原來是狗熊的深呼吸，我再提不起勁把棄書當美人般拯救。晚上九時半從咖啡店放工出來，我寧願與阿紫繞着海堤走一遭，這根本是我倆喜愛的活動。我是個不大合群的人，平時懶得與同事寒暄，初調到濃縮咖啡吧，是阿紫訓練我，大家比較熟稔，也很少深談，一天我見客人對阿紫叱喝，她卻逆來順受，過後我不禁稱讚她好脾氣，阿紫悄悄附在我耳邊說：「我給了他一杯除去咖啡因的咖啡。」兩人相視而笑，從此可以談心，到海堤吹皺一池春水，我也可以趁機多吸兩口煙，這天晚上，阿紫穿着她喜愛的一襲淺紫色連衣裙，在黑暗中亮起一根煙，提起最近猝然離職的同事莎莉，問我可還記得，我點頭，近日我常和莎莉在濃縮咖啡吧拍檔，她平日待人接物彬彬有禮，卻被咖啡店東主辭退，事出突然。

「是我幕後主使的。」阿紫手中夾着的煙枝，煙灰愈來愈長，她伸出食指揮揮。

近日咖啡店想到一個新招數，顧客到來購買咖啡，附送一張蓋章的紙卡，儲備七個印章，可以獲贈一杯免費咖啡，阿紫突然發現莎莉的男朋友每天到來買咖啡，兩三天便奪得一杯贈飲，心生疑念，暗中窺伺，瞥見莎莉總在男友的紙卡多蓋幾個印，阿紫認為莎莉這樣做，對其他顧客不公平，於是向老闆告密，結果莎莉須要另謀高就。

「小時候我受過女童軍訓練，大義凜然就害了我一生。」阿紫並沒有因為自己見義勇為而高興，反為嘆一口氣。

「都過去了，還想它幹什麼？」我好整以暇點燃另一根煙。

「做了虧心事，有時會如影隨形跟着你一輩子，昨天我到超級市場購物，出來時看見走在前面的一位女士，超載的回收袋掉落一排巧克力，我俯身拾起來，就要追上前還給她，卻有一刻的猶豫，等到我回心轉意，女士已經駕車離去，巧克力是我喜愛的牌子，我索性撕開包裝紙，送進嘴裏，突然想起莎莉，我開始嘔吐起來。」

我從來沒有向阿紫提起運書的事，一陣心虛，我忽然感覺阿紫針鋒相對，當晚警察到來，我本來可以繼續名正言順坐下來挑書，我卻選擇棄書潛逃，那一刻我也經歷了阿紫的猶豫，微弱的街燈下阿紫看不清楚，我其實臉紅耳赤。

小圓桌狼藉的杯碟旁，皮膚光滑的軟皮書悠閒地曬燈光浴，教我想起兩種食糧，口糧終將耗盡，惟是精神食糧永遠長存。戴着黑帽身披黑白長裙的仕女坐在黃色背景前的十字欄杆，兩旁的黑葉在風中飛舞，黑色高跟鞋旁，藍色的花蕊睜開一隻隻眼睛，卻是封面寫着《達洛衛夫人》幾個字令我愛不忍釋。誰不害怕維珍尼亞．吳爾芙？在兩個口袋裝滿碎石，狠下決心，走到河中心自溺，完全妄顧自己的成就，生前她與喬伊斯不約而同提倡意識流，把死寂的文壇推向另一個高峰。《達洛衛夫人》裏，吳爾芙只借取仕女的一天，跟隨夫人的思維與感情流離浪蕩，已經帶出一個階級的視野，與及文明的強項與弱點。我當然只是道聽途說，終日無事自擾，我也未曾親自品嘗，這次卻是一個好機會。封面的奶黃色背景在燈光下特別搶眼，像蛋撻餡皮中央的奶蛋沙司，教人垂涎。似夫人般身光頸靚的紙皮完全沒有留下手指模，書頁邊緣也沒有給人翻動過的跡象，主人從書店買回來後，未知是否不捨得閱讀，還是拜讀時誠惶誠恐？我隨手翻到第四十五、六頁之間，倒發現書頁底部出現一道不規則的撕裂，這一邊呈「ㄒ」狀，翻到另一邊，縫隙邊的書角微皺，上面展現的小三角似舌頭，像樹皮的節瘤，這個小小的缺憾並未貶低書的價值。從天而降這份精緻的禮物，當垃圾放進回收箱裏實在可惜，環顧四周無人注意，我用迅雷不及掩耳的速度，把軟皮書藏進圍裙的口袋裏，本來根據咖啡店的條例，職員發現顧客遺留的物品，要先放進櫃枱下的紙皮箱裏，算是失物認領處，一個月後無人查詢，才轉移到回收箱，因為久仰吳爾芙的大名，我索性略過這重繁瑣的手續，急步踱進職員室，把軟皮書存入貯物櫃，等待放工後再運送回家。這樣做當然帶點偷的成份，只是神不知鬼不覺，我居然淺嘗到偷的喜悅，那個下午，我工作特別勤快，經常不自覺笑起來，阿紫取笑我是否拾得黃金，《達洛衛夫人》不就是黃金嗎？然而潘朵拉的盒子打開，竟然一發不可收拾，傍晚我突然發覺櫃枱上無端放着一束二十元的紙幣，職員進進出出，沒有人想到放回收銀機裏，我只要伸手過去，便可以袋袋平安，我為自己產生這個念頭感到吃驚，我有正當職業，背後還有父母撐腰，實在毋需不義之財，只是貪圖一時之快。剛巧一名仕女走到櫃枱，穿着黑白長裙，儼然是從封面走出來的衛夫人，她還未開口，我已經清楚她的意圖，我請她稍待，速速走進職員室，找來軟皮書物歸原主。說來諷刺，我沒有偷的時刻，給警察追捕，等到我興起偷的念頭，卻又逍遙法外。

禮物是附在親友耳邊的低語，說得不好，可以傷了感情，親情當然沒有損害，友誼倒可能有影響，我不想贈送瑣碎的物品比如Tee恤、水杯和手鏈，聖誕將屆，不禁大傷腦筋，我喜歡看書，於是向紙張打主意，況且前幾天深更午夜警方驚動了門羅夫人，算是回報，我也想給她一點生意。只是走進書店，面對茫茫書海，我實在毫無頭緒，硬着頭皮向門羅夫人請教，聽過我的陳詞，她轉動眼珠像翻查圖書目錄，不一會從書架撿來三本書，爹地是會計師，門羅夫人推薦一本與會計有關的近日數據，媽咪是作家，順理成章是一本最新的寫作市場，阿紫素來注意氣候變化，門羅夫人便送來娜歐米・克萊因的《這就改變一切：資本主義對抗氣候》，相信阿紫會喜歡。我遞過信用卡，接過三本包裝好的書，門羅夫人忽然向我打手勢，示意我尾隨她去，她用鎖鑰打開一道側門，卻是書店的貯物室，很多鋼架都丟空，書本散落在地面，「請你自便吧！不用每晚在外面擔驚抵冷。」說着遞來一個布袋，掩門之前，她向我單一單眼睛。

直到等待電梯上樓，被鄰居取笑：「怎麼？要開書店？」我才感覺自己的異象，可不是嗎？背後已經是一囊書，左右手又各提着一袋，十足是個拾荒者，進電梯後我放下兩袋書，才覺得手臂酸軟，想到一書海的知識，我並沒有悔意，眼前的困境，是怎樣應付媽咪的囉嗦，開門進屋，迎接我的卻是一片寧靜，媽咪並不在家，我趕忙溜進睡房，禮物藏進抽屜，舊書堆疊架旁，我倒費了一點時間把書本執拾一下，再用書袋蒙蓋，你可以說是掩耳盜鈴，智能手機適時響起來，是媽咪的聲音：「去了哪裏？打了幾次也沒有人接，我在機場，你爹地一小時後便着陸，如果你乘計程車來，還趕得及。」算起來，已經大半年沒有和爹地相聚，是對他的懸念？還是對媽咪的歉意？生平第一次，我順從媽咪的意願。

一滴菜湯濺到智能手機的屏幕，我從膝間撿來餐巾，細意拭抹，如果是在家裏用膳，湯碗旁邊擺放的必然是一本書，然而這裏是大酒店的餐廳，攜帶書不方便，惟有憑藉互聯網的資訊排遣時光，抬頭看坐在對面的阿紫，也做着相同的事。說起來，這已是第二年阿紫參加我家的聖誕慶祝，媽咪嫌她一個人過節寂寞，誠意邀請，阿紫欣然接受。再看身旁的爹地，也不甘後人上網。惟有媽咪一邊喝湯，一邊用作家的眼睛仰觀俯察，我們的活動當然沒有獲得她的批准，起先還不過搖頭苦笑，上主菜時，她終於忍不住，從手提包掏出三件禮物，一式一樣都用彩紙包裝，放到我們跟前。拆開來，卻是一個個「手機placebo」，外形看來與智能手機完全一樣，卻沒有任何通話和上網功能，不過是一塊金屬，我們用疑惑的眼光看着媽咪，她好整以暇說：「一家人難得聚集一起，好應該推心置腹，看看你們，都忙着上網，團聚還有什麼意思？看來智能手機已經侵佔了我們的生活程序，為免你們愈陷愈深，就送你們每人一個NoPhone，以後你們想過手癮，按按這塊金屬好了。」手機安慰劑正面倒有一塊鏡，照得我面紅耳赤。「沒有智能手機，我們可以幹什麼？」爹地無助地說。「我們不可以談天說地嗎？譬如問問這兩位年輕人，為什麼不再吃肉，改吃素？」媽咪提議，爹地看着阿紫和我碟上的素菜漢堡飽，如夢初醒，不禁追問：「真的，你們幾時改行當了素食主義者？」

從酒店吃過自助餐回來，爹地媽咪躲進房間關上門，不知在商討什麼大事，我獨自坐在客廳，隔着玻璃窗，拾掇城市殘存的大自然，對街幾株大樹，在黑暗中舞動枝葉，似要合唱一首聖誕歌，雲像陰影般急墮，山俯伏在遠處，像一隻伺機撲擊的藍獸，眼睛散發懾人的黃光。空氣裏瀰漫着一股不知名的幽香，我卻不想推窗探看究竟，怕外面的冷空氣，生活裏若有疑難，我寧願翻一本書。驀然想起剛才臨別時，阿紫交給我一個用花紙包裝的盒，趁機打開，是聖桑歌劇《參孫與達莉拉》的鐳射唱片，我按過手機號碼致謝，阿紫囑咐我留意第二幕第十二首詠歎調，談着爹地媽咪已經開門從房裏出來，是交換禮物的時候，媽咪拆開包裝紙，見是有關寫作市場的最新情報，很是雀躍，上前與我熊抱，惟是爹地皺著眉頭說：「已經是電子書的年代，誰還有興趣翻閱紙張？」他把兩邊的鬢髮剪薄，頭頂上的黑髮隆起像小丘，追逐這一代的青春，但掩不住額前開始呈現的幾根皺紋，玻璃框後的眼睛帶點狡黠。「我就是喜歡陣陣書香。」我帶點殉道者的口吻說，「我們早已知道。」爹地笑着從房裏推出一個特大碼的紙皮箱，我拆開來，裏面裝載大小不一的木板，堆疊起來就是五層高的書架。

用薯黃色柚木板搭建的神龕，兩旁未脫旋轉的年輪，伸手觸摸，依然感覺到微突的紋理，提醒人書架的前身是樹，我喜歡這份叮嚀，起碼提醒我讀書時帶點抵禦風霜的堅忍。高低不等的書排在架上，只露出書脊，很多本的脊梁骨依然堅挺，倒有幾本顏色逐漸剝落，中間呈現裂痕，設計師還在上面畫個皺眉的孩童臉，顯得有點老氣橫秋，寒酸的袋裝書瑟縮在威猛的厚皮書間，有點自漸形穢，我故意把它們從夾縫間扯出來，讓所有書本平起平坐，因為都是舊書，紙頁逐漸變黃，有時頭頂還露出深褐色，彷彿經歲月燻黑，即管拿出來，往鼻孔一送，倒沒有腐朽的氣息，反為紙頁光滑的幾本，散發塑膠的氣味，記得我曾經向爹地提過書香，再抽出幾本來嗅嗅，有時發放鹹鹹的海鹽味，也有傳送松脂的芳香，慎終追遠，紙張本來出自樹皮，我倒不懷念還未付梓的白紙，畢竟書要背負文字，對我才產生意義。合上嘴巴的書放在一起，各自珍藏一個秘密，打開來，會隨着心靈歌唱，讀書的情趣，卻不為每本書都循規蹈矩，讀書可以是危險的事，遇上明察秋毫的作者，寫出來的文字燭照生命的深處，讀者的安全感可以像用紙牌搭建的樓房，經不起風吹草動，隨時倒塌，生命從此改變。然而因為有各種不同的書，我們才感到生命的豐盛。書排好後我隨意抽出一本，看看書名，撫摸封面，猜測內容，又有另一個夢在期待。書架立在我的床角尾，默默看着我起居作息，躺在床上，睡房裏充斥着似有若無的書香。早上醒來，緊閉的百葉簾阻隔外面的太陽，只隱約聽到間歇的車聲，昏暗中依然看到書脊透露的微光，想到還有一大堆書等待我去翻閱，頓時感到生活充實，起床的動作也就份外勤快。

但是，排過書後，我並沒有正襟危坐抽出一本細讀，生活裏實在有太多的誘惑，不說別的，阿紫告訴我，《參孫與達莉拉》第二幕第十二首詠歎調就是〈輕觸我的心〉後，我反覆用唱機播放，聽了不下數十次，肺腑之言變成靡靡之音。況且，爹地難得回來，早上我若不用上班，總是繞着他的身邊亂鑽，中午上班前，還和爹地媽咪到中式茶樓午膳，重拾小時候吃點心的樂趣。放工後總和阿紫到海堤散步，回家後已經筋疲力盡，就算撿來一本書，也看不入腦。有一天醒來時望向牆角，發覺書架不過是房裏的一件傢俬，或者爹地的探訪只是我逃避的藉口，我根本心不在焉，就算媽咪隨爹地返回香港，我獨自一人在家，早上醒來，從書架抽出一本看幾頁，漱口洗臉之後，又拿出另一本讀兩章，始終不成氣候。

是新冠狀病毒成全了我。

農曆新年前一天，香港家家戶戶準備喜氣洋洋慶祝佳節，醫務衛生處突然扮演天文台的角色，報說新冠狀病毒已經像颱風般從神州席捲過來，有關病人須要隔離診治，真是晴天霹靂，全城進入緊急狀態，爹地不知道有沒有後悔返回香港，不能上班，只能居家就業，因為只有三個口岸開放，隨行的媽咪決定暫時不回溫哥華，每日伴在爹地身旁噓寒問暖。說時遲那時快，不到一星期，病毒已經登陸溫哥華，個多月後，醫務衛生處着令所有與顧客零距離接觸的行業終止服務，包括飲食業，阿紫和我就這樣被咖啡店臨時解僱，阿紫慌忙到一間還營業的快餐店求職，我這條大懶蟲倒趁機賦閒在家，靠緊急應變福利金渡日，並不擔憂財政，反正爹地媽咪隨時可以充當後盾支援，交換條件是每日向他們報一次平安，媽咪苦口婆心告誡我無事不要外出，也不要多吸煙，我到底要添置口糧，每兩星期便到樓下的超級市場一轉，其餘時間其實也乖乖在家。家居偶而寂寥，我也曾邀請阿紫到來同住，她卻要履行好市民的職責，以身作則示範保持社交距離，只答應每日與我透過WhatsApp傾談一會，她到底要為口奔馳，況且話也有說盡的一刻，反正家裏多的是有話想說的住客，大部分時間我便用來和他們神交。

未做好心理準備讀杜斯妥也夫斯基六百多頁的《白痴》，信手拈來還是波豈士的《迷宮》，瀏覽目錄，我跳越〈吉訶德作者皮埃爾·梅納爾〉這一篇，緊隨的〈環形廢墟〉，單是名字已經吸引我，固然生命有時像廢墟，世事的流轉不是時常依循環形的軌跡嗎？天旱之後可能是洪水泛濫，聖戰式的自殺贏得英雄的掌聲，不育反為是聖潔的象徵，一把火燒掉森林後帶來青蔥翠綠，這一年沒有收成只帶來下一年的雙重豐收，撒落在石頭的種子無端開花，鋒利的刀劍用多了變成頓挫，樓台倒塌後可以重建，潺潺的溪流有乾涸的一天，如果說戰亂由歌舞昇平啟始，吃得過飽渴望飢荒，那麼，疾病也可以是健康的開頭。行人道上兩個路人隔着幾乎是一條河的距離交談，我躲在屋裏，悠閒地吸一支煙，自身以外的世界不可觸摸，心安理得地與書本親密接觸。

看過〈環形廢墟〉兩段，我已經感覺到波豈士在描寫一場舞蹈，可不是嗎？現代舞的場景奉行簡約主義，舞台虛應故事搭建一點什麼，算是「傾圮荒廢的廟宇」，在形象世界佔據極少部分，更多空間留給夢境。幾乎絕跡的燈光，代表「伸手不見五指的夜晚」，男舞蹈員就算不是裸體，戲服也給「邊緣鋒利的茅草」劃得支離破碎，他是外鄉人，歷盡艱辛從純樸的南方來，只想在環形廢墟做夢，波豈士這樣寫：「……他要夢見一個人……使他成為現實，這個魔幻般的想法佔據了他的全部心靈，如果有誰問他叫什麼名字，以前有什麼經歷，他可能茫然不知所對。」幾句心理刻劃，已經為編舞者提供獨舞的劇本，接着是群舞，外鄉人想到設帳授徒，從眾多學生中找到一個「值得參予宇宙的靈魂」，唯命是從的門徒只令他失望，偶然一個敢於提出合理的相反意見，外鄉人紛繁無序的舞姿，是要把雜亂無章的夢境梳理得有條不紊，那是一項艱巨的工程，外鄉人口中唸唸有詞，叫出一個強有力的名字，手上終於握着一顆跳躍的心臟，只有拳頭般大，外鄉人後來的舞姿表示光陰荏苒，十四夜後又一年，舞台上俯伏着一個有眼瞼和骨骼的少年，閉嘴閉眼，艱辛地想要站起來，初生的羔羊容易跌倒。

又是一場群舞，外鄉人旋舞在土地神、河神、虎與馬雜交而成的種、公牛和玫瑰的混合體之間，祈求並且膜拜，說服他們承認少年是有血有肉的人，只有火神堅持外鄉人創造的是幻影。然後是外鄉人與少年的雙人舞，外鄉人向少年灌輸宇宙的奧秘和拜火的儀式，漸漸與他發生一段父子式的感情，不想與他分離，他用教學做藉口，企圖延長相處的時間，他始終要交給少年一面旗，着令他插到現實的山崗上，他歡欣地看着兒子完成任務，卻傷心地知曉少年快將誕生到真實。分手在即，他要洗去少年腦中學過的東西，讓他不覺察自己是幻影。

兩個船夫到來與外鄉人共舞，告訴他河下游的神廟，有一個懂魔法的人，千萬不要向他揭露真相，思索間火神已經到來，把剩餘的廢墟焚燬，外鄉人要與火神說個明白，勇敢地朝熊熊烈火走去，然後外鄉人發覺自己的肌膚並沒有給火燄吞食，反為感到一點撫慰。舞台的燈驀然放射強光，外鄉人的毛髮發亮，他猛然驚覺，自己也不過是另一個人在夢中創造的幻影。

失業後我有的是時間，逐字逐句讀書再不是奢侈，看到詩意的造句，我闔上書本回味一下，算是給舞者一個喘息的機會，老實說，波豈士的意象有點難以捉摸，重讀幾遍，也未必完全掌握到他老人家的心意，然而，我喜歡故事裏瀰漫的如霧如幻的氣氛，外鄉人幾經辛苦，少年終於在夢中成形，我感覺到創作的歡喜，少年長大後要離去，我也依依不捨，幾乎要伸手過去，再握一握從掌中滑溜的指尖，當然，最震撼我的還是結尾的一段。我躺在床上看書，掩卷後我直視前面的書架，外面隱隱傳來人聲車聲，我忽然感到雞皮疙瘩，不是慄慄的一種，而是溫柔婉約。我甚至想到新冠狀病毒會不會是另一場火，是幸還是不幸，倘若我染上後又活過來，會不會也是一場幻影？我從網上找來〈環形廢墟〉的電子版連接點，傳給阿紫看，兩天後她的回覆是：「莊周夢蝶？哈哈！」只得六個字，卻讓我浮想聯翩，我喜歡與知己分享心愛的小說，把我看書的水平帶上另一個層次。

算是愛屋及烏，我重讀〈吉訶德作者皮埃爾．梅納爾〉，逐漸明白波豈士的把戲，儘管註釋裏提到的作者真有其人，梅納爾卻是一個虛構的人物，波豈士似乎想呈示一個博學多才的人寫作的理想。梅納爾的另一個野心是重寫塞萬提斯的《唐吉訶德》，起初波豈士創造的梅納爾想掌握西班牙語，重新信奉天主教，把自己完全融入塞萬提斯的思維，然後想到這種做法太沒有挑戰性，倒不如繼續做梅納爾，通過梅納爾的經驗去體會唐吉訶德，對於這個構想，波豈士還是有所保留，姑且引用《唐吉訶德》第一部第九章的幾句，波豈士把塞萬提斯的原句與梅納爾的修改句並列，細看字句一樣，當中似乎有點諷刺，波豈士似乎暗喻梅納爾的徒勞無功。因為喜歡〈環形廢墟〉，我對《迷宮》

裏的其他小說，甚至散文和寓言也發生興趣，我沒有囫圇吞棗，每天只反覆讀兩、三篇，小心咀嚼書中難明的句子，電光火石的一剎那，頓悟它們有更深一層的含義，這個時候，我喜歡拆開一包曲奇餅吃幾塊，沖一杯咖啡，算是給自己的打賞，當然少不了一口煙。無所事事的日子，看書真是奢侈而愜意的生活，三個星期又這樣過去了，我活像一個虔誠的教徒做飯前禱告，每天起來，翻閱其他篇章之前，我會先讀〈環形廢墟〉一遍。

「前幾天在床下找到一輛棄置的踏板車，踏板沒有裂痕，嘻嘻！拿出來清洗一遍，滑輪依然靈活，從昨天開始，每天我便乘着踏板車上班，連車費也節省下來。哈哈！」與阿紫每天的 WhatsApp 對話像流水作業，只有這一段是例外。

「你的財政出現赤字嗎？」我有點擔心。

「怎麼會？市面上的餐廳和服裝店都關門大吉，我哪有機會消費？嘻嘻！倒是你這位游手好閒的大少爺，手頭是否拮据？哈哈！」

「別擔心，先照顧你自己，若是周轉困難，記得揚聲，讓我想辦法。哈哈！」

「謝謝老友記。嘻嘻！」

於是我又安心看書。

《白痴》依舊像一個臃腫的旅行箱橫霸在書架上，我選擇了身裁較為纖瘦的《樹上的男爵》作為第二位旅伴。開首的第一句，提到男爵哥哥最後一次與家人共坐餐桌，已經吸引我的注意，卡爾維諾用接近四頁的篇幅，描寫一頓早餐，我完全沒有感到沈悶。男爵哥哥與父親發生爭執，賭氣躍到樹上，發誓再不重回地面，接着的二百六十頁，全靠卡爾維諾的功力，用生花的筆把男爵哥哥撐到樹上。衣服還是小事，男爵哥哥把狩獵得來的皮毛，自己縫製衣服和鞋，也就禦寒保暖。他用一段約有兩米長的楊樹皮，做成一條水渠，引水到樹枝上，不止可以喝水和沐浴，還可以洗衣服。打獵得來的獸肉，他吃掉一部分，其餘的用來和農民交換水果蔬菜，也就不再需要家人的接濟。他又和母山羊和母雞交上朋友，適當時候攀到樹上，方便他擠奶和取蛋。卡爾維諾更為男爵哥哥設計一個體面的如廁方法，麥爾當佐河負責排放市鎮下水道裏的污水，男爵哥哥蹲在河上的椗樹，也就大行方便。不是標新立異，卡爾維諾引領我們重回初民社會，見證自給自足的生活原型，我們是被物質文明寵壞了。生活的基本所需既然解決，以後男爵哥哥長大成人，因為生理需要，在樹與樹之間追逐釵裙，也就輕而易舉。憑藉豐富的想像力，卡爾維諾帶領男爵哥哥樹過樹披荊斬棘。直至年邁，男爵哥哥的腳尖也再沒有踮過地面，病入膏肓也不肯從樹頂下來，躺到房間的床，家人惟有把床運到樹上讓他靜養，男爵哥哥甚至拒絕土葬，彌留的剎那，一個熱氣球自樹間飄過，他一躍而起，抓住繩索踩在錨上，讓熱氣球把他帶到海角天涯，一自十二歲到六十五歲，男爵哥哥堅持生活在樹上的理念，也就義無反顧，書報上記載的政治、歷史、知識忽然都像紙上的空談，男爵哥哥才是真正的行動哲學家。卡爾維諾向自己挑戰，構想了一個意念，也就借小說的迂迴曲折勇往直前忠於自己。新冠狀病毒疫情反覆，我翻閱《樹上的男爵》，忽然覺得自己手握一本生存手冊。

讀書寂寥，我索性把男爵哥哥視為知己，不止因為他此志不渝，終生棲居樹頂，還有他對書本的痴迷，起初只為消閒，因為要與一名強盜分享讀書的情趣，學會分門別類，也就培養對書籍和一切人類知識的興趣，卡爾維諾強調書本潛移默化的作用，強盜本來凶悍，書看得多了，感情變得脆弱，面對一隻蜘蛛也害怕起來，書看到一半，官兵到來拘捕，也不反抗，束手就擒，行刑之前，卻要向男爵哥哥查明主角的下場，才死得瞑目。你可以說是卡爾維諾開的玩笑，然而沈迷書本，人逐漸會變得一往情深。卻是不容否認的事實。卡爾維諾也把男爵哥哥從讀者提昇到作者的地位，起初只是口述，因為要交待一名親戚的下落，又要保障當事人的名聲，想到增刪潤飾，為了吸取更多的聽眾，從書裏倒學會繪影繪聲。卡爾維諾卻不認為書本是空中樓閣，他筆下的男爵哥哥，懂得把書本的知識活用到現實生活裏，旅居西班牙期間，他會為當地人架起一些索橋，在營地安裝蓄水池、爐灶、皮睡袋，又為當時的情人訂購了伏爾泰和盧梭的作品，逐漸，卡爾維洛也安排男爵哥哥提起筆來，撰寫《樹上理想國憲法草案》，本來是關於法律與政治的論文，因為他加入不少虛構的情節，倒像集大成的小說。聲名傳播到伏爾泰的耳裏，男爵哥哥堅持與塵世保持一段距離，方便細心視察的生命觀，就很使伏爾泰折服，乘勝追擊，男爵哥哥去信盧梭，探討哲學問題，卻沒有得到答覆。長久在樹上與禽鳥為伍，男爵哥哥也書寫關於禽鳥的文章，懂得印刷術後，他創辦一份雜誌，取名《兩足動物觀察》，後來改名《有理性思維的脊椎動物》，男爵哥哥挑釁群眾編纂的《訴苦書和希望錄》，幾乎引起革命，可惜他舉辦的伏爾泰和盧梭講座，並沒有引起多大迴響。他出版的《共和體城市的憲法草案以及關於男人、女人、兒童、鳥獸等一切植物的權利聲明》，也沒有受人注意，卡爾維諾卻讓我們看到一個有才華的讀書人拼盡全力的境界。

掩卷後我幾乎想把《樹上的男爵》交付阿紫手中，看看她的反應，然而新冠狀病毒從中作梗，儘管我們住在同一城市，也像分隔兩地，我即管上網找尋《樹上的男爵》的電子版，定價十元，也訂購來傳給阿紫，平時阿紫反應極快，訊息發出後五分鐘，她便回覆，這天她卻沈默無語，想到二百多頁的小說，也需要一點時間消化，我並沒有着急，瀏覽書架，加繆的《鼠疫》在我眼前閃了一閃，即管取下來，又開始另一段心路歷程。

在新冠狀病毒的環境下讀《鼠疫》，無疑帶着另一重含義，羈留家中，有什麼比神遊到加繆締造的奧蘭城旅行更貼切呢？奧蘭城就是我們的姊妹市，當今寰宇村的縮影。奧蘭城是一個沒有鴿子沒有樹木的小城，人們只顧迷頭迷腦工作，沒有時間臆想作白日夢，多賺取幾塊傍身的錢，就是生活裏的胡蘿蔔加大棒，眼前的美景不值一哂，自然毫無憐惜地在市場販賣春天，公餘的時間都在賭桌咖啡館和蜚短流長上荒廢，鼠疫突然從天而降，像一隻巨掌壓到樓房上，可說是一種祝福，喚醒這個沒有靈魂的小城。因為居民不喜歡注意生活的細節，儘管城裏不斷出現死老鼠，也當是隔鄰的惡作劇。甚至腫塊在病人身上出現，死亡數字又急劇上升，人們自認是人文主義者，相信天災更像一場夢，也就視作等閒，繼續做買賣，在街上閒逛、坐咖啡館。老鼠事件成了城裏的話題，翻閱歷史，老鼠其實作惡多端，公元五四一年，鼠疫從埃及蔓延，入侵東羅馬帝國，持續一百七十六年，不止影響當時的英法大國，還引致地中海貿易衰退。一三四七年，鼠疫又再以黑死病的名義，席捲歐洲，十九世紀末鼠疫竟牽連中國，在廣東爆發後迅速傳染香港，情形竟有點像新冠狀病毒。鼠疫不是早已經被撲滅嗎？空氣裏又確實散播難聞的惡臭。天災人禍似是人間常客，每隔一段時間過訪，冷不提防到臨，甚至醫生也有點手足無措，認清事實之後，惟有驅除無用的疑慮，採取適當措施，盡量把本位工作做好，偏是市政局不肯面對現實，先要肯定這種疾病的名稱，這個時候還要咬文嚼字，擺出官僚作風，拖延時間，似乎盡量要保障富商的利益。加繆的《鼠疫》讓我想起易卜生的《人民公敵》，佛心醫生一心揭發溫泉浴場的水源被製革廠污染，驚醒旅人防備，卻因為旅遊業受影響，好人當賊扮，竟被市長哥哥串通同僚指責為危言聳聽，良心與錢包恆常勢不兩立，想不到在奧蘭城換湯不換藥。奧蘭城成了戰場，展開一場醫務人員與市政府的鬥爭，等到城市人不斷死亡，市政府也只好向現實低頭，正式公佈疫情，封閉城市。

一旦封城，再沒有轉圜的餘地，倘若親人不幸離去，城裏人暫時就不能與他們團聚，深切體會到分隔兩地的痛苦，最要命的是封城可能延續超過一年，然而鼠疫是集體的經驗，迫使城裏人共同行事，再不混入個人感情，只好聽天由命，流放在自己家中。鼠疫噬咬奧蘭城的經濟，也挑起了部分人的貪慾，食品店的老闆為圖厚利囤積居奇，卻不幸染上鼠疫死在醫院，儲存在床底下的罐頭食品，就成了一場諷刺。病患使一部分人覺得小城犯了罪，需要用受苦來補償，教堂裏的神甫就要求信眾向天發出虔誠教徒的心聲，上主自有安排，神甫宣揚抽象觀念比幸福更重要的道理，信眾也就試圖適應無期徒刑，也有人失去理智，打算硬來，設法蒙混過關，逃出城外。倘若他們被捕，卻要接受監禁的處分，城裏人頓如驚弓之鳥，大部分人也就安份守己，選擇把自己放逐在家裏，同時又體驗到被遺棄的感覺，他們處於兩難的絕境，知道城外人享受自由空氣，徒然加深他們的憎惡，鼠疫撲滅一切色彩，趕走一切歡樂，固然摧毀了旅遊業，城裏的人就算在街頭碰面，也以背相向，實習社交距離，避免互相傳染。有些人卻積極起來，參加救護工作，服務組織，鼠疫教他們睜開眼睛，迫使他們思考，與客觀事物搏鬥，儘管面對的可能是沒完沒了的失敗……

新冠狀病毒提醒我們眯着眼睛迴避空氣裏隱形的水滴，其實塵世裏的蛇蟲鼠蟻依然雷厲風行。我坐在客廳的沙發看《鼠疫》，就着陽光，痴迷之際，忽然感到手背一陣痕癢，似病毒般會傳染，很快便蔓延到手肘和背脊，肚腹也開始痕癢起來，天氣依然寒涼，我在運動衣上加一件晨褸，起初隔着衣物磨擦，不能止癢，手指探進去，與皮膚直接觸摸，才覺得好過一點。我不屬於骯髒一族，儘管不用外出，我依然保持每天早上洗澡的習慣，不明白為什麼依然引來蟲咬。視線落在手中的袋裝書，書脊有點剝落，出現皺褶的痕跡，書頁呈淺棕色，像個面黃骨瘦的病人，記得媽咪說過，發黃的紙張是書蟲最喜歡流連的桃花源，我想像書蟲遊興盡後，拿我的衣衫當彈床，玩得疲倦，在我的皮膚爬行，興之所至，還噬咬一口，一陣驚悸，把書抛到地面，然而留在地板也不是辦法，只為書蟲提供更多肆虐的場所，重新拾起書來，既然名叫「袋裝」，索性到廚房的抽屜找一個膠袋，把書裝進去，丟棄在櫃枱上。我到浴室再洗一個澡，換過內衣褲，有好幾天沒有清洗衣物，我趁機把它們放進洗衣機裏操作，聽着機器的隆隆聲，身心彷彿又經過另一次洗浴，我躺在床上，胡思亂想，書本傳遞知識，原本令人珍重，也有衰老的時刻，變成藏污納垢之所，倒是始料不及。人世間充滿矛盾，凡事都沒有絕對，想想只覺得洩氣，現時解悶惟有智能手機，已經過去三天，還沒有收到阿紫的回音，我開始擔憂起來。

阿紫與我的感情夾纏不清，錯不在她，只是我一廂情願。比我早大半年加入咖啡店工作，我初來報到，逐漸在濃縮咖啡吧熟能生巧，全靠她細心指點。大家糊糊塗塗混在一起，卻只為年輕做本錢穿針引線，小休時天南地北，我看的電影她認為莫測高深，她愛聽的音樂我感覺沈悶，話不投機，然後有一天無意中談到書，彷彿射箭擊中紅心，耳際迴盪清脆的一聲響，接着談到全球氣候變化，更覺投契。不像我家是移民過來的華僑，她卻是土生土長的本地人，不懂中文，卻又鑽研老莊和禪學，走起路來給人一種飄逸的感覺。知道我是香港人，有時候她便會向我查詢英文書裏偶然的中文字，指間夾着香煙，吞雲吐霧，煙灰掉落她愛穿的紫色連衣裙，她隨手撥去，搖一搖及肩的金色鬈髮，似笑非笑。意猶未盡，晚上放工後，海堤就是阿紫和我喜歡流連的平民夜總會，彼此吐露心聲，一晚談到前途，我呈獻一張白紙，阿紫寄夢於歌劇院的舞台，我看阿紫不高不胖，又喜歡吸煙，幾乎笑彎了腰，阿紫轉身駐步，彈去煙蒂，儘管無伴奏，依然莊重地唱了一首詠歎調，平時阿紫說話的聲音低沉，唱起歌來突然吊高八度，倒又不刺耳，起初只是喉與舌間的顫音，再闖高峰，波浪彷彿從她口中湧出，震得我站不住腳，驚濤拍岸數次，卻又平復下來，我本來是一塊穩坐在岸邊的岩石，經不起她的聲浪沖激，不自覺也想滾動起來，海堤的光線半明不暗，過後阿紫告訴我，詠歎調的名字是〈輕觸我的心〉。和阿紫胡混，我學會抽煙，這時我抽出一根煙，向她借火，趁機湊上前與她親熱，她觸電似的彈開：「怎麼？想要亂倫？」其實她只比我大一個月，老是擺出大家姐的架勢，她依然繼續與我交往，同乘巴士，沿途我們經常鬥嘴，看在別人眼裏，還以為我們在打情罵俏，有一次她比我先行一步，旁邊一名乘客忽然對我說：「你的女朋友漏掉一本書。」剛巧她回轉，聽到了也不置可否，令我覺得自己還有機會。

打開書本，一隻隻黑色的字體本來像微弱的水滴，團結就是力量，鉛字排在一起，倒匯成一道道溪流，我甚至可以聽見潺潺的水聲，隱隱傳送大自然的訊息。勉強闔上書本，似用鐵閘斷絕水流，依然禁不住思潮起伏，里厄醫生與到遠方治病的妻子可會團聚呢？格朗家的黑板寫着「植花的小徑」字樣是什麼意思？結果他會完成企望出版商「脫帽致敬」的曠世巨著嗎？洗黑錢的朗貝爾最終能否闖關？……一星期下來，我與《鼠疫》朝夕相處，書中的角色幾乎成了我的親人，因為不知道他們的下場，彷彿有天大的事情未曾安置，徒然令我牽腸掛肚，不禁高聲詛咒書蟲。新冠狀病毒的日子無色無嗅，我們循規蹈矩履行公民義務，把自己反鎖在屋裏，並沒有得到獎賞，每天仍舊呼吸吃喝睡覺，生活簡化到最低限度，今天是昨天的翻版，WhatsApp和書本就是我惟一的娛樂，阿紫沒有回應我的短訊，剝奪了我WhatsApp的樂趣，精神不集中，又不想開始另一本書，一時衝動，還想走進廚房，把《鼠疫》從膠袋裏解放出來，皮膚隱隱作癢，又迫使我面對現實，反正無事可做，多聽幾遍〈輕觸我的心〉，只讓我更加想念阿紫，我心狂野，決定上街找尋她。

疫情初期，公共巴士的車頭還未亮起「立例規定搭車必須戴口罩」的字樣，司機戴着口罩向我點頭招呼，我的頭臉無遮無掩，彷彿赤着上身逛街，有點狼狽，打卡之後，匆匆走進車廂，很多座位都用繩圈圍繞，限令乘客保持社交距離。然而車廂裏的乘客，數來數去，包括我在內，只有三人，似乎有點庸人自擾。好幾個月來全靠一雙腿縱橫天下，巴士駛離住宅區，彷彿掙開舒適圈，我感覺心怯。驀然想起但丁《神曲》，脫離天堂，我雖不致直闖地獄，極目所見卻是煉獄的情景，望出車窗，空蕩蕩的市面傳達荒謬的訊息，路上完全沒有行人，交通燈號卻無事忙地不斷轉換，算是向誰發號施令？食肆和服裝店都鑲嵌木塊，奶黃色的板面，有時畫上黑色的塗鴉，彷彿有人把不滿積壓在心底一段時日，終於想到在公眾場合留言發洩。一些餐廳依然把桌椅留在戶外，緊密排在一起，恍若進行緊急會議，學校也沒有學生，操場上的藍球架，兀自在陽光下曝曬，斑馬線逐漸出現一、兩個過客，銀行前，規劃在地面的圓圈像浮萍，限制人龍輪候時的距離，巴士繞過市中心東端，這裏是癮君子、精神病患和流浪漢的聚匯點，他們對疫情似乎無動於衷，仍舊像平日擠在一起，談笑取樂，只有一、兩個人戴口罩，倘若其中一人打個噴嚏，病毒可以像野火焚燒開去。阿紫的寓所在望，遠看竟像一個上寬下窄的漏斗，按鈴後我下車，幾乎踢着散佈在路面的口罩和防護手套，來到阿紫的家門前，正要進去，卻被看更攔阻，說很多住客確診染上病毒，大廈須要封鎖隔離，進行消毒，不知為什麼我想起地獄之門的銘刻：「這裏直通悲慘之城……來者啊！快將一切希望揚棄。」我慌忙追問阿紫可是其中一個病人，看更茫然看着我，雙眼泛起阿刻戎河的浪潮。

盡量往好處想，也讓自己分心，我從書架取來多麗絲．萊辛的《祖母》，四個短篇的合集，以為比較容易消化，然而，正如《波士頓環球報》的評論說：「每個短篇都不超過一百頁，看畢卻像剛接收了一個長篇，也像看過長篇般心力交瘁。」開宗明義的一篇就是〈祖母〉，不是單數，而是複數，少女時代已經出雙入對，直到榮任祖母，依然難捨難離，卻不屬於拉子的情懷。小說裏的多個人物，萊辛都安排用雙雙對對的姿態亮相：兩個兒子、兩個媳婦、兩個孫女，萊辛是否暗示人性的雙重面？我與其中一個兒子伊恩卻特別投緣，不因為他英俊的外表，人到中年也未減風度，而是他複雜的內心世界。伊恩文靜內斂，帶點神經質，經常落落寡歡，十六、七歲時，還散發詩人的風采，宛如少年天神，招來艷羨眼光。母親莉爾與阿姨羅姿不尋常的關係，影響兩段婚姻都不如意，獨排眾議的確需要勇氣和毅力，羅姿的夫婿固然另結新歡，莉爾的夫婿更是拈花惹草，還因車禍去世，伊恩平時已經睡不安穩，時常會作噩夢，父親過世後，他更加憔悴，茶飯不思，快將變成透明人，一晚羅姿醒來，聽見伊恩在隔房啜泣，進去把他擁入懷抱，伊恩本來暗戀羅姿，親昵的動作只當是鼓勵，下一晚他索性穿堂入室走進羅姿房裏，從此一發不可收拾。羅姿與莉爾形影不離，已經招惹閒言閒語，再與伊恩偷嚐禁果，更加舉世側目。羅姿與伊恩既然你情我願，本來也無所謂孽債，然而浪漫的愛情也可以是人類感情史上最危險的情操，伊恩對羅姿的愛戀源於對自身的存在張皇，加上一點任性，以致有點脫離現實，一度羅姿有意離去，強迫他成長，伊恩卻自暴自棄，跑去衝浪，弄致跛足，他以為愛情就是佔有，浪漫是最高的層次，始終不能捨棄世俗，需要成家立室，養育下一代，當妻子漢娜得悉伊恩與羅姿的情緣，夫妻關係變得艱難。另一個兒子湯姆與莉爾的關係恰似伊恩與羅姿，也要面對相同的困境。想要睥睨世俗遺世獨立，並不是容易的事，那份責任感令我失措。我闔上書本審視智能手機，依然沒有阿紫的訊息，我也有種想哭的感覺，然而樓房闃無一人，並沒有另一個肩膊可以讓我安枕，想到當初我如果堅持阿紫搬來同住，或者就不會落得這個下場，阿紫父母四歲離異，各自再找到對象，阿紫不想夾在其間，左右做人難，選擇跟隨姨母，姨母兒女眾多，家境不好，阿紫十來歲便出來社會謀事，自力更生，難得她潔身自愛，沒有吸毒，與我之間，始終為着貧富懸殊耿耿於懷，我看過這麼多書，以為摸透天地的輪廓，依然有這麼多事逃脫我的掌握，一個突如其來的病毒，幾乎阻止地球旋轉，知心又不知道淪落到怎樣的一個境地，愁苦開始從外面滲進來，我悲從中來，終於縱聲狂哭起來，為不知去向的阿紫，也為所有被病毒牽連的人。

哭得倦了我便閉上眼睛，睡了又醒，醒了又睡，也不知道過了多少時候，再睜開眼來，只覺得身體燙得像一塊燒紅的鐵，喉嚨痕癢，咳得死去活來，不能休止，想上洗手間，手腳卻重得像一塊鉛，睡床張開血盆大口，要把我銜在齒間，我想起一部荒野求生的電影，主角躍下峽谷，手臂卡在石縫間，不能掙脫，接著的一百二十七小時，叫天不應叫地不聞，心慌意亂，我搜索擱在身旁的智能手機，撥打求救電話號碼。

彷彿躺在一張浮床，隨水飄泊，四周昇起陣陣迷霧，白濛濛裏卻印着昏黃的一團，像想要脫穎而出的太陽。我全身感到疼痛，就像剛被鋒利的草尖刮得遍體鱗傷，掙扎着坐起來，意圖找一本書看，浮床突然捲入旋渦，四周天旋地轉，我頽然倒回床上，眼前出現幾個戴着面罩的人，露出來的眼睛像一盞盞探射燈，有人往我的嘴裏送上一點什麼，我本能地想要吐出來，水果的滋味卻又令我垂涎，我不再反抗，沈沈進入夢鄉。一陣喧鬧把我吵醒，無數學童不請自來，圍繞在我的床邊，沒有頭臉，只有一張張嘴吧，喃喃似在背誦課文，單調齊一的聲音令我頭痛，我高聲喝令他們停止，嘴吧便像氣泡般一個個破裂。沈睡後再又醒轉，有人敲着盲公竹到來，摸索着尋找我的手臂，等到我雙掌掰開，他便把一個帶血絲的心臟掉落我的拳間，心臟發出撲通撲通的聲響，表皮鼓脹後又收縮，像少年賭氣的面頰，可是熾熱，我忍不住把它拋出，心臟落到地面，變成少女模樣，身穿淺紫色的芭蕾舞裙，單獨在一旁單足旋轉，我悠悠睡去，再醒來時，發覺自己置身在一個空曠如舞台的環境，四周散落一本本書，飄送陣陣書香，我便掙扎着起來，撿拾書本，堆疊成一座塔，書本向上旋轉成一個螺旋型的階梯，我試着拾級而上，一直向天，來到書的盡處，再無去路，我正猶豫，階梯忽然倒塌，我毫無保護凝在半空，眼看就要墮下，粉身碎骨，一雙手臂卻把急墮的我承接，阿紫的手臂，紫衣少女竟是阿紫，輕輕把我放落地面，我換了衣裝，裹在一件淡黃色的緊身連衣褲，阿紫沒有理我，依然單獨在一旁單足旋轉，我飛躍過去，想要把她高舉，雙手接觸她的腰部，發覺她只不過是一團幻影，我也漸漸在空氣中溶解，書本開始一本本爆裂，變成原子微塵，飛揚間，空氣裏傳來〈輕觸我的心〉的歌聲，我無力搶救，但早就熟知內容，不用翻閱，我已經懂得背誦〈環形廢墟〉，起句是：「如果他放棄了夢到你……」

原載《大頭菜文藝月刊》二〇二二年九月至十月總第七十九至八十期，略有增刪

罩鳴曲

來到公園的入口，瀝青路開始變得俏皮，彎彎曲曲地探進去，像一隻不規矩的手，想要入園採花，臂彎環抱一個兒童遊樂場，腳底鋪滿碎屑，橫樑掛着三個包裹黃色安全套的鞦韆，旁邊高矮不等兩座紅色藍色滑梯，還有用彩色硬膠堆砌的鋼架森林、攀岩場、攀爬架、隧道、籃球場及三個自動噴水頭，迴盪着小孩子的鬧笑聲，也只屬小孩子的玩意，年齡較大的孩童，蹲在遊樂場外面的空地，寧願握着肥胖的粉筆，代替指頭塗鴉。雖說是鬼畫符，依稀倒可以辨認出黃恐龍紅太陽藍汽車，更多是圓圈和四方形，粉藍的一團又有黃色的細邊，突然爆出紅色的花火，色彩有限，想像力卻奔放，然而畫圖到底不能吸引孩童持久的注意力，不旋踵他們又拿出一架玩具飛機，輾過自己剛才的精心傑作，另一個孩童猛然亮出一輛幾可亂真的貨櫃車，好整以暇再把一輛輛小汽車送到甲板上。成年人保持着社交距離，口罩阻擋不了他們想要閒談的心意，長桌旁陸續來了幾名菲律賓籍的褓姆，圍成早餐的盛宴，懶得理會一個十多個月大的嬰孩，像毛毛蟲在地面爬行。

清脆有如天籟的琴音，彷彿手握冰雪，冷冽中又帶着清醒，偶然顫抖，琴音轉向低沉，似在思索。蕭邦的《夜曲》隨而被薩蒂的《毫無防禦歌舞》取代，琴音是那麼舒緩，一步一步向前踽踽而行，邊走邊看路邊風景，光影抽刀斷激流，在巉岩灑落點點金光，琥珀生輝，混合着裸裎與歡舞。緊接着是貝多芬的《熱情奏鳴曲》，琴音放縱任性，甚至慷慨激昂，有時候真不知道貝多芬是在發脾氣還是精力充沛。坐在公園的彎背長椅，兩耳塞着聽筒，一首又一首接收智能手機裏串流音樂服務平台的播放，我享受仲夏片刻的寧靜，夏日當然還有熱浪與風暴，這一年還添上變本加厲的疫情，但是風吹過這一角落，我感覺和煦的陽光。口罩太緊，趁四下的人都不近身，我即管把口罩移到下巴，深深舒一口氣，膝頭忽然感覺有手觸摸，這天我穿熱褲，霎時間感受到薩蒂音樂裏的赤裸。以為跑來一隻小狗，俯身卻見一個圓臉的女嬰，不懂得說話，依然吖吖發出語音，想要向我傳遞一些訊息。

「她是典型的疫情嬰孩，出生後就封鎖在家裏，儘管不用戴口罩，卻與其他嬰孩保持肢體距離，以致十多個月也不懂說一句話，我帶她去看醫生，提議我帶她多去公共場合，只是育嬰所和幼兒園都關門大吉，我可以帶她到哪裏？這裏的孩子又不喜歡和她玩，拜託你就抱抱她吧！」女嬰的母親站在不遠處，微笑着向我懇求。我低頭再看，從兩隻骨碌碌的黑眼珠裏，我瞥見低垂的天際線與禿樹，樹葉都已掉落，禿枝卻掛着一根根厚重的冰柱，幾乎需要爐火才能溶解。在公眾場合實在不適宜聽音樂，尤其是古典音樂，總教人剎那茫然，我一時動了惻隱之心，關掉智能手機，兩手插到女嬰的腋下，把女嬰舉高放到自己的膝頭，女嬰繼續發出單音，我模仿着女嬰的話語，試着與她交談，兩人說得正高興，風吹過，女嬰打了一個噴嚏，灑得我一頭一臉，我這才驚覺到，自己忙着應酬女嬰，忘記把口罩移回原位。

小孩子眼底的冬天，我完全不感覺陌生，上門學琴的兒童，就為我提供類似的景致，對於天資敏悟的學生，流麗的琴音透過十指寵幸六十六個黑白鍵，坐在鋼琴跟前等於春天，佔有大半的學生，卻是五音不全，彷彿與琴鍵嘔氣，彈鋼琴只不過被家長強迫着附庸風雅，從指間漏出來的音調似牽牛上樹，眼中噙着的淚水隨時會結成冰塊。遇上苛求的母親，陪伴着子女到來，坐在客廳一隅，聽見兒女彈得走了音調，不止搖頭嘆息，還經常即席厲聲嚴加指責，對於兒童更是雪上加霜了。我坐在一旁冷眼旁觀，心頭隱隱作痛。新冠狀病毒爆發後，提倡社交距離，對於教琴這種近距離的肢體活動，當然嚴加禁止，我不用在盛夏感染冬寒，只覺得如釋重負。無疑收入是乾涸了，然而政府有失業救濟金津貼，遠在香港的父母又經常匯款過來接濟，我也不用為生活發愁，白馬王子始終未到，賦閒在家，我與同住的姨甥女更多親密接觸，兩人玩煮飯仔，做衣服剩餘的布料，拿來給洋娃娃裁新裝，我又重享無憂無慮的孩提時代。姨甥女的眼中也流露過冬天，姨甥女自懂人事之後，姐姐急不及待大解放，在家裏添置了卡拉OK，一有空便邀請好友到來，高唱香港流行的勁歌金曲，我躲在房裏掩上房門，依然可以聽見她們在客廳裏大吵大鬧。一個下午，我正戴着耳筒聽德布西的《牧神的午後前奏曲》，房門忽然傳來怯怯的叩響聲，卻是姨甥女站在外面，幽幽地說：「姨姨！可不可以陪我玩，我很寂寞哩！」可能是德布西夢囈似的音調霎時令我感傷，心頭一陣掀動，把姨甥女抱進房裏，親了兩邊臉頰，以後兩人便形影不離。我也曾嘗試教姨甥女彈鋼琴，姨甥女似乎提不起勁，我也不勉強，兩人倒經常聚在一起唱童謠，有一首歌名叫〈在花園裏轉呀轉〉，最近姨甥女就發覺我唱的音調，和下載在智能手機的 App 版本有點出入，姨甥女老氣橫秋地問：「姨姨！手機裏的歌和你平日教我唱的完全不夾，是他們弄錯了？還是有人擺了烏龍？」然後意味深長地向我打了一個眼色。我禁不住輕柔地打了姨甥女的手背一下。從公園裏回來，姨甥女正捧着智能板玩遊戲，我向姨甥女述說公園裏的趣事，姨甥女聽得哈哈大笑，恰巧姐姐走過，戴着手套，剛清潔了每間房的門旋，問有什麼事這般滑稽，姨甥女指着她說：「姨姨剛才在公園裏，被一個啤啤女噴得滿臉口水，哈哈哈！」姐姐聽後，卻一點也不感覺好笑，慌忙把姨甥女牽進浴室洗一把臉，然後兩人躲進睡房，留下我一個人在客廳裏納罕。

客廳裏驀地清靜得像一座荒島，完全留給我一個人享用，陽光從窗外漏進來，灑在覆蓋的鋼琴上，像一雙輕柔的手，提醒我這些日子經常被姨甥女纏繞，已經多日沒有練琴，趁着姨甥女和姐姐在房裏樂聚天倫，我即管掀起琴蓋，決心拭抹自己蒙塵的琴技，起初的十分鐘，我的手指在琴鍵上亂跳，算是熱身運動，然後我開始注意音階，練習演奏急促和弦，一切就緒，我正襟危坐，也不用翻閱琴譜，只憑記憶，彈奏巴赫的《前奏曲和賦格》，衝鋒陷陣的一串音符後，步伐稍為舒緩，十隻手指在琴鍵撥弄得多了，彷彿脫離手腕的關節自有生命，像蜈蚣在黑白道間肆無忌憚，表演慾一被激發，莫札特的幻想曲、貝多芬與蕭邦的奏鳴曲、克拉拉舒曼的三段浪漫曲、布拉姆斯的間奏曲、以至李斯特的超凡練習曲，都像流水搶閘，從我的指間傾進琴鍵，清脆的音韻只為自己做好心理準備，面對德布西的挑戰，德布西的音樂屬於無調性，只停留在樂曲的基調，沒有多少旋律，重重複複只為製造一份印象，比如我這天挑選的《水中倒影》，從慢節奏開始，大部分時間重複，右手的一組和弦，只不過伴奏左手的簡單旋律，琴鍵卻是畫筆明暗交替，光影變幻，捕捉水光和倒影搖曳，兼且色彩斑斕的景象。我先演奏一遍，然後專心琢磨艱難的片段，直到自己滿意，才從頭到尾演奏一遍，樂曲充滿靈幻意味，彷彿把我運載到另一境界，重新落腳，陽光已經收斂，姨甥女與姐姐始終沒有從房裏出來，我有點奇怪，上前敲響姐姐的房門，姐姐打開一道門縫，看見是我，慌忙戴上口罩，說女兒正在午睡，請我暫時不要打擾，我困惑地返回房裏，不久聽見有人開鎖進屋，知道是姐夫放工回來，這些日子姐夫多留在家裏工作，一星期一天，公司依然規定他回去報到，和同事保持友好關係。我聽見姐姐和姐夫在外面喁喁細語，不久姐姐過來敲我的房門，見我沒戴口罩，像遇上鬼魅般避到一邊，確定和我保持距離，隔着口罩說：「我和你姐夫商量過，提議你最好到疾病控制中心測試，看看有沒有染上病毒，未知結果之前，我們建議你自動留在房裏隔離，每日三餐，我都會把飯菜盛載在托盤放到你的房門外。」

也不等我回應，姐姐已經像一縷煙般急於消逝。

從書桌上堆疊的琴譜，我抽出莫札特的作品，想憑藉音符哼唱一首嬉遊曲，然而心情沈重得像鎮紙，我的鼻孔吐不出一句樂音，回想多少個花好月圓的日子，本來約了友好出去相聚，只是姐姐想與姐夫單獨相處，換上華衣美服跳舞鞋，把姨甥女塞進我的懷抱，自己牽着姐夫的手到高級夜總會歡樂，我打電話推掉友好的約會，坐在家中的地板，和姨甥女玩樂，有時開懷有時苦悶，我都樂意接受，毫無怨言，還未提到姐姐邀請友人回家唱卡拉OK，我又毫無選擇兼顧褓姆，姐姐從來沒有向我說謝謝，我也毫不計較，想不到一有風吹草動，姐姐便反面無情，聽姐姐剛才的語氣，完全沒有親人的柔情蜜意，自己似乎碰撞到兩座冷硬的高牆，驀地使我透不過氣，以為有瓦遮頭就最安全，都只不過是一個自欺欺人的騙局，房裏的四堵牆突然向我進逼，我感覺自己染上幽閉恐懼症，怒從心上起，我霍地從書桌旁的坐椅站起來，換上連衣裙和便鞋，背起手袋，猛地推開房門，就要出去，姐姐剛巧從廚房出來，用圍裙抹手，側着身帶點避忌地問：「怎麼？快要吃飯了，還想出去？」我懶得回應，像龍捲風般衝出大門，按亮電梯的旋鈕，「細妹！細妹！」姐姐從裏面追出來，我再沒有耐性等電梯，沿着樓梯便衝下去，如果樓梯是琴鍵，發出的是憤怒的聲響。

從房門到家門到大廈的玻璃門，我彷彿衝出重重魔障，以為可以呼吸一點自由的空氣，眺望路過的行人，都戴著口罩，儼如在臉前拉緊一重重鐵閘，我感到有點氣餒，也從手袋掏出口罩，掛到臉上。舉頭仰望，平日寄居的住宅大廈，像拔地而起的科學怪人，鋼筋的骨架外，披掛水泥的大衣，猛然電流通過全身，一個個毛孔放光，昏暗中顯得詭異。光天化日的大廈不需要照明，勉強還可以與人共處，入黑後千百隻眼睛燃亮，鐵門更像血盆大口，炎夏裏我打了一個寒噤。跑了出來，又可以到哪裏呢？我茫無頭緒，然而事情到了這個地步，我又不想回轉，只好硬著頭皮，漫無目標在街頭亂闖。實在感激玻璃的坦誠，也不用內進，一目瞭然便是精品店的手袋與皮鞋、木製模特兒的彩裝、書架的流行讀物、餐桌上的銀器、膠手上套著的珠寶首飾……高樓大廈逐漸龜縮成低矮的樓房，還有綠樹護蔭，我忽然聆聽到一段熟悉的琴音，反正無事可做，便循著聲音的方向走去，隔著竹籬，我看見一男一女在家門前的空地練琴，男子把大提琴的尾針插進泥地，女子把小提琴擱在肩膀，就這樣互動起來，兩人都戴著口罩，沒有對話，藉著琴音也就一問一答，竟是莫札特的《C小調第四首幻想曲》，日間我在家裏用鋼琴演奏，這時改編為小提琴大提琴二重奏，別有一番韻味，我不禁駐足細聽，又不想打擾人家，左右為難。剛巧門外的巴士站擺設一張長長的石凳，我就不客氣地坐下來，閉上眼睛，幻想自己穿著曳地黑色凱瑟琳連衣裙，在舞台上表演，一曲既畢，二重奏開始另一齣莫札特，正式是小提琴大提琴二重奏，我腦袋急轉，試着把它改編為鋼琴曲，繼續自我陶醉。裝扮得高興，我還伸出雙手，把空氣當作琴鍵，耳際響起的卻不是如雷的掌聲，而是巴士煞掣聲，司機見我揚手，打開鐵門，待我上車，我連忙打手勢道歉，疫情期間難得有一名乘客，卻是胡混，司機悻悻然關門，失望地離去，我這才驚覺到，二重奏已經隱回屋裏，街頭的音樂，是自己腹如雷鳴。

為了防疫，大部分餐廳都烏燈黑火，鎖着的玻璃門像攻不破的面罩，漏出半爿光的一間，也只供應外賣的漢堡包、意大利餅和咖哩食品，並不歡迎人客久留，老實說，自己形單影隻，也不熱衷堂食，海濱的瞭望台就是我的卡座，即管邀請月光充當燭影搖紅，暫時把口罩放回手袋，拆開雞肉三明治的紙盒，呷一口熱咖啡，是晚膳的時候。

日落本來是吸引當地人登臨瞭望台的主要因素，這時旭日早已西沈，也看不到遠山含笑，倒不如別轉臉看海濱的民居，道路杳無人跡，連樹葉也沒有趕集似的掉下來，而是慢條斯理地飄落，輕如鴻毛，反正有的是時間。這些日子躲在斗室，只透過窗戶看外面的世界，這時人在開闊的荒野，看的又是另一番景致。海岸的平房不多，低矮得只有一、兩層，最觸目是每間屋的粗線條，像國家的疆界，高聲宣佈自己的屬土，因為害怕風霜雨露的侵擾，恐防生病，我們為自己搭建一個巢穴，有瓦遮頭，躲在裏面感覺安全舒適，自欺欺人。甚至最喜歡流離浪蕩的旅人，最終也希望返歸，然而，家真的是安身立命之所嗎？

人倫的紐帶原來可以這樣鬆懈，出生後以為父母兄弟姐妹就是人世間最親密的戰友，一旦結婚，生兒育女，卻又自成另一個親昵的社區，其他親人都被放逐，潛意識裏的沙文主義始終存在，這個時候更是昭彰，區分「自己人」與「外戚」，害怕病毒傳染，我們回復返祖傾向，防備其他人，甚至從外面歸來的親人，都是可疑的帶菌者，我再呷一口咖啡，已經加糖加奶，還是感到有點苦澀。

簡便的晚餐轉眼便消耗殆盡，我用紙巾抹過嘴，把空杯和廢紙分門別類拋進回收箱裏，忽然感到百無聊賴。是死寂陰暗的里弄令我感到不安嗎？長夜漫漫，樓房深陷的門窗似要向我壓過去，推到被冬天蹂躪的飢寒荒野，長夜無可量度，風聲與山影逐漸縮減，不肯原宥的光芒屬於我自己，無論如何，我不能下跪，迷失在凍傷的硬地，撕裂自己毫無恩寵的內在，同時無助地嘶喊自己的名字，什麼也沒有解決，況且，思索未來，站在闃無人煙的大街，並不是最好的位置。不遠處的酒店燈火通明，彷彿為我提供一點靈感，身不由己朝霓虹燈下的大門走去，疫情期間的酒店，望眼欲穿等待貴客到訪，儘管我穿的是街坊裝，職員依然把我當上賓招待，隨身沒有行李，也沒有着意追究，恭敬地奉上鎖鑰卡，告訴我房間號碼，提醒我下一天的早餐可以到二樓的餐廳吃，或是送到房間，道謝過後，我乘搭電梯上樓。

在酒店房間坐立不安，又不想收看落井下石的電視新聞，我忽然想到清洗口罩，我戴的口罩不是用完即棄的紙版本，用布縫製，近日出門的時候不多，每次回家，我依然會把口罩盛進茶杯，把一壺水煮沸到攝氏185度，先給口罩來一個淋浴，去水後再把茶杯灌滿，讓口罩在熱水裏暢泳半小時，晾到窗旁風乾。我上網做過調查，科學家一致同意，半小時內，攝氏185度可以殺菌，以後就成了我的法典。

我從手袋掏出口罩，朝外的一面固然隨時沾染病毒，內向的一面留有淡淡的口紅，也須要沖洗，在酒店房間找個茶杯不難，卻沒有水壺，惟有借助咖啡壺，盛水插掣後，耐心地等待沸騰。倚着床欄我又思前想後，疫情初期，姐姐交給我一盒醫護口罩，用熔噴不織布製造，簡簡單單，戴起來卻滿有學問，紙盒就有詳細說明，配合圖片示範，先拉扯兩邊的耳掛扣，再將保護罩貼到鼻梁，拉近下巴，耳掛扣懸到耳朵後，還須確定醫護口罩固定在臉的圓周才算安全。我從紙盒掏出一個放在掌心，像一隻想要曳航的小舟，沒有槳，選一個陽光燦爛的日子，卻可以拜託姐姐駕車載我到銀行存入支票，下車後我依足指示，醫護口罩緊貼臉肉，先接受警衛的盤問，確認自己沒有感染病毒，近日也沒有離境，便可以進入銀行，地板畫著一個個保持社交距離的圓圈，規定每個顧客站立的位置，我想起小時候玩的跳飛機遊戲，只覺有趣，微笑看不見，我倒可以不時與來往的職員和顧客點頭招呼，前面的顧客移近出納櫃枱，我又可以踏前一個圓圈，正在耐心等候，忽然覺得背後似是有人伸手過來，用噴有哥羅芳的手帕掩著我的嘴巴，一陣暈眩，勉強掙扎，驚魂甫定，發覺自己依然站在銀行，是醫護口罩引致我不適，趁著沒人注意，我經常扯鬆口罩爭取空氣，等到與銀行的出納員面對面，我又不敢放肆，一問一答的幾分鐘，幾乎天旋地轉，交易完畢，我匆匆離開銀行，還未上車，我已經脫去醫護口罩，來到超級市場的停車處，本來打算與姐姐姨甥女結伴進去添置食糧，臨時打消主意，提議她們自己進去，寧願留在車裏，搖下車窗，大口大口呼吸新鮮空氣。醫護口罩本來保護我們不用受別人的唾沫和氣息侵擾，倘若因為阻礙呼吸，引致身體其他毛病，保護罩成了殺手鐗，不知道算不算是疫情下的諷刺？

咖啡壺吶喊，我按步就班浸染口罩，又坐在一旁支頤，從超級市場回來後個多星期，姐姐再遞給我一個封口的膠袋，收有兩個棉布口罩，淡藍色，體積較大，保護鼻梁的部位較高，耳掛扣還有白膠粒可以調整鬆緊。戴起來，我有足夠的呼吸空間，又可以回復有限度的社交生活……半小時後，我把浸濕的口罩掠到酒店房間的窗前，心裏驀然感到一點暖意，怒氣稍減。口罩微張着嘴，卻似在向我低喊：「打電話給我！打電話給我！」我心裏始終不服氣，撿起手袋，像避難般逃離房間。

乘坐電梯時，我才想到自己沒戴口罩，然而，房間裏的口罩洗濕了也不管用，又沒有後備，惟有見步行步，希望大堂裏的職員不要強迫我戴窄小的口罩，必要時惟有退守房間，猛然看見電梯的門板張貼一份告示，宣傳二樓一個取名「不罩心」的攝影展，從香港遠道而來，新鮮熱辣。我正徬徨，如獲救星，按向二樓的旋鈕，大門打開，急不及待衝出去。

已經是晚上七時多，攝影展依然門戶大開，而且沒有守衛，進門卻有兩大段中英對照的文字迎賓，中文是我熟悉的繁體字，我駐足，用眼睛追逐每一個字：「新冠狀病毒死不斷氣，戴口罩成為最新的禮儀，就像騎電單車時必備的頭盔，預防萬一之外，也阻擋在空氣中騰雲駕霧的帶菌水滴。本來為了防禦，口罩突然變成約束衣，緊箍着我們的心智，我們彷彿都是經濟大恐慌的遺民，因為曾經匱乏，特別想到額外擁有，到超級市場搶購口罩、消毒液和廁紙，以為囤積居奇，到頭來堆疊在屋裏吸納塵埃，霸佔家居有限的空間。過份注重衛生，我們充當神甫的角色，每日起碼兩次，用消毒液為家居用品進行洗禮，逐漸也把消毒液當藥水洗濯腸胃。可別遷怒限聚令，平日我們對人已經抗拒，既然每個人都可以是帶菌者，提供藉口讓我們對親人也充滿戒心，在因循的習慣裏苟且偷安。搶購潮並沒有促進經濟的繁榮，倒像服食興奮劑後的沮喪，加速小商戶的衰亡。原來繁榮的大都會變成荒原，走在渺無人煙的街頭，恍若末世的末亡人。然而我們還有一顆心，沒有被口罩蒙蔽，可以在空無一人的機動樂園躍躍欲試。〈不罩心〉攝影展的圖片不是用來嘲笑，更像推開斗室的一扇窗，讓我們看到戶外的大海還與光影嬉戲，我們知道水中仍然有游魚。」

一列十多盞探射燈投落到陰暗的牆壁，讓光線臨幸的黑白照片，像反光鏡映照生活。超級市場裏，收銀機旁組成一條人龍等待付款，近鏡收銀員忙着用掃描器核算餸菜價錢，旁邊的顧客卻好整以暇與手機談笑風生。油站外，一個深藍色的開嘴垃圾桶，經不起大風吹，翻倒在地，嘔吐出來的穢物包括沾濕的口罩、揉成一團的淺藍膠手套、消毒液擠乾後的空瓶、與及撕裂的廁紙。室內四菜一湯擺放在飯桌上，身為一家之主的父親打開平板電腦，試圖在鍵盤上練習用兩隻手指打字，母親燒菜後一身輕，繼續透過手機和空氣中的好友天南地北，兒子的興趣不在餸菜，手機遊戲才是他的美點，女兒依樣畫葫蘆，專心看手機的短訊，臉上不時綻放微笑。再移一步，鬱金香、玫瑰、芍藥、劍蘭與牡丹本來在花店爭奇鬥艷，內裏卻烏燈黑火，鏡頭擺放在店外，攝錄玻璃窗翻出「休業」的大字，店主忙着鎖門，嗅不到裏面的芳香。肅穆的展覽廳本無歌，一張張照片疊印眼前，耳際悠悠響起聖歌裏的《進堂詠》，增加山雨欲來的氣氛。

都不過是疫情之前的生活寫照，來到另一堵牆，攝影展才昂然進入戴口罩的週期。我想起《羔羊頌》的幾句：

除免世罪的天主羔羊，求你垂憐我們。
除免世罪的天主羔羊，求你垂憐我們。
除免世罪的天主羔羊，求你賜給我們平安。

也是超級市場，門前人潮形成擺尾的龍，繞到街的另一端，照片前方，一名外籍女傭吃力地捧著疊高的可濕水面紙包裹經過，人龍裏，家庭主婦探頭過來張望，露出羨慕的目光。攝影機進入超級市場，所有貨品已經掏空，露出一張張間隔的鐵絲網，像寵物店裏的籠，小動物都已給人捧回家裏豢養。來到另一個超級市場，戴口罩的父親把一袋水果套在臂彎，正要離去，戴口罩的女兒把潔手液噴到他的掌心，在陌生的新環境裏，兩父女相濡以沫。攝影機進入民居，外籍女傭纏着頭巾口罩，還要加上一副防護眼鏡，上身黑白相間的線衫像囚衣，只見她把潔手液傾進一碗肉絲麵裏，把消毒液當作調味品。水龍頭下，家庭主婦猛搓着肥皂洗手，手背污黑一片，儘管是黑白照片，依然可以想像到是瘀紅色。攝影機走到戶外又回轉，透過玻璃幕牆，可以看到一些不能出外的住客，在大廈的樓梯間上下走動，隨身掛着耳筒和智能手機，收聽串流服務平台提供的廣播，住客的頭隨着節奏擺動，看在別人眼裏動作顯得怪異，他們雙臂屈曲成翅膀狀，在空氣中拍擊，彷彿一隻隻想要衝天的鳥，卻被地心吸力拉回雙腿，依然仰臉望向無法觸及的虛空。攝影機溜出街頭，「執笠」、「疫情所迫」、「結束營業，一件不留」的大字牌，淌血般在頭頂高懸，路過的旅客像紙人般飄蕩，隨時經風吹起，緊貼到粗黑的大字旁。學校的運動場，居高臨下像一個棋盤，學生戴着口罩保持肢體距離，雖是同班同學，卻不知道家人可曾沾染病毒，最好劃清楚河漢界。公園的榕樹頭，有老有嫩的男女戴着口罩，同樣保持肢體距離，齊心推手練習太極，在困境中保留一點狀態。攝影機返回室內，一對中年夫婦在客廳點燃蛋糕上的蠟燭，透過視頻，向坐在平板電腦裏一張輪椅的老婦人唱生日歌。客廳的另一邊，鋼琴上擱着一隻盛載水晶頭伏特加的酒杯，邀請圍繞着它的座地燈、鐳射唱片架與擴音器當酒肉朋友。

欲罷不能，攝影展還試圖記錄後疫情的世態。這時追隨我的是巴赫《b小調彌撒曲》的〈基督垂憐〉。地鐵裏，一名年輕的父親在胸前掛一條孭帶，指間把玩手遊，懷中襁褓的女兒沒戴口罩，正在打瞌睡，車窗外風景奔馳，像一個未成形的夢。攝影機離開地鐵，照片中央豎起一根「伙伴創意計劃」的旗幟，腳下的行人路便鋪滿深深淺淺的彩磚，四周空無一人，一支吃角子望遠鏡憑欄，穿越海峽，瞄準對岸高矮不等的大廈，都標示自己的身份，細數就有檢驗機構、投資公司、電器株式會社、銀行、人壽保險與控股，也不忘用浮游的霓虹燈飾販賣廣告，左邊一間大廈亮出液晶體數字鐘，顯示五時，然而天色陰霾，也不知道指的是凌晨還是傍晚，迷霧中望遠鏡像一根任人選擇方向的手指。攝影機又對準一個新設計的口罩，接近口腔的位置用透明膠，可以看到人的微笑或是憂傷。攝影機返回室內，一隻戴着皇冠和口罩的毛絨黑豹俯伏在窗前，窗口敞開，可以看到外面鳥語花香，黑豹作勢要躍出去。

圖片之外，展覽還有一段長約七分鐘的短片，引領觀眾進入疫情以外可能的四維空間。攝影機彷彿踏着滑板，蜿蜒的高速公路就是大展身手的斜坡，縱然只有小車三兩，秩序井然，車道內固然有虛線，路面中心又有不可僭越的黃色雙實線，劃出四線來往行車。傾向左邊的護板，攝影機忽然滑落隧道，眼前展現一個弧形大銀幕，隧道頂一系列的燈回應底下或虛或實的線，偶然構成X的形狀。彎彎曲曲向前，攝影機似乎抵達隧道的出口，卻只不過是有光的地段，瞬即又回復黑暗，攝影機就在暗與光之間摸索，一若無盡的歲月，請勿停留。繼續向前，風景豁然開朗，護板外居然有樹，彎臂的街燈列隊在路旁恭候，路標誤導快到終點，旅程還長哩！倒不如駐足觀看不遠處高矮參差的兩幢大廈，右邊呈現一個建築地盤，護板之外，還有更多城市景觀，譬如高樓上的廣告、公路下的波光，高速公路裂出更多分支，攝影機滑行，彷彿穿過一道又一道的拱欄，四周持續響起尖銳的機械聲。攝影機昂然進入另一條隧道，別有一番景致，護板變成磚牆，昏暗中路牌突然閃亮，鑽出去，已是入黑時分，四周的景致變得迷糊，隧道內的旅程無窮無盡，聲音顯得科幻，四周忽然變得幽暗，伸手不見五指，攝影機突然滯留在黑暗中，耳際是慘烈的吶喊，燃亮的車頭燈原來是照路的燭花紅，隱見車輛匯聚，有紅有白，廣告牌上似有箭嘴指引，攝影機依然要滑過一條又一條的隧道，有時上面留空，更多時候封閉，出口似張嘴就要吞噬，攝影機給吐納出來，黑夜渲染成彩色，淡黃的街燈以外，藍地白色的霓虹光管驀然閃亮，車燈發出紅色訊號，似在怒號，大廈各層的燈火逐一點燃，咆哮聲中，白色紅色的車頭燈自四面八方傾注而來，黝黑中一時不知道是天昏還是地暗，匯聚成一點，高樓上淡紅淺藍的霓虹廣告爭相閃耀，幻成繁星點點。行車聲已經有音樂，任何詮釋都屬多餘。

重新進房，我的心境豁然開朗，第一件事就是用手機按動姐姐的電話號碼。

「細妹！你到底上了哪裏？我們在幾條街打轉，都不見你的蹤影，要不是你打電話來，我們打算明天報警，香港的爹地媽咪我也知會過了，他們每小時都打電話來追問，煩得要命，細妹！你究竟發什麼大小姐脾氣？有事好商量。」

「家姐！我入住了一間酒店的246號房。」我忽然發覺自己甚至不知道酒店的名字，幸虧案頭的便本簿細記分明。「我想在這裏住幾天，好好地想一想，有事你可以打來，明天我會到疾病控制中心……」

「你夠錢應付嗎？」姐姐打斷我。

「我有帶信用卡。」我也是抱持過一日算一日的心態。

「記得打電話給爹地媽咪。你等一等，有人想向你請教。」姐姐遞過電話，卻是姨甥女：「姨姨！〈太陽出來了〉怎麼唱？」

「你不會上網查嗎？」這個時候還讓雞毛蒜皮騷擾我，沒好氣地脫去便鞋，我換過酒店提供的拖鞋。

「真人唱比較好聽一點，你幾時回來唱給我聽？」姨甥女卻是有心人。

「不知道，盡快吧！」我不禁莞爾。

「你可不要開空頭支票啊！」姨甥女又老氣橫秋。

「你可不要發大小姐脾氣啊！」我不甘示弱，先發制人，未說完自己卻笑起來。姐姐重新接過話筒，兩人一時話題枯竭，收線之前，姐姐幽幽地說：「細妹！你自己保重！」

「你們也是。」

我致電給香港的父母，輪流的噓寒問暖逐漸顯得囉嗦，我唯唯諾諾，心思卻專注在智能手機的一張照片，是剛才在攝影展拍的，望遠鏡像手指在迷霧中尋找方向的一幀，不知道為什麼，這一幀照片對我特別吸引。我不認為這是海市蜃樓，更像二百多年來文明的縮影，如果我繼續努力看，還可以瞥見一幢美侖美奐的音樂廳，登上樓梯打開黃銅的門，走過人山人海的觀眾席，可以看到一個燈火輝煌的舞台，上面擺放一個鋼琴，有人穿着曳地黑色凱瑟琳連衣裙，坐在旁邊彈奏俗稱為「離別曲」——蕭邦的《練習曲作品 10 第 3 號》，起段令人泫然欲泣的旋律，倉皇滑進失措得幾乎即興無調的哼音，再返回開首的纏綿詩意，當中微妙的轉折，總教我低迴。猛抬頭，演奏藝人竟是我自己。

我敞開玻璃門，走到露台，酒店標榜「無敵海景」，果然沒有說謊，樓房三面都被大海包圍。月夜裏波浪有一下沒一下地拍擊海岸，徐疾有致，我忽然想起德布西的《海，三幅管弦樂交響素描》，尤其是終章「風與海的對話」，我正想走前一步聆聽，卻發現拖鞋黏在瓷磚上，想是上一個住客在露台吃早餐，不小心把楓葉糖膠傾倒地上，沒人清理，我嘗試拔腳，拖鞋依然留在原地，動彈不得。

原載《大頭菜文藝月刊》二〇二三年二月
總第八十四期，略有增刪

瘦天行道

兩種原始因相互影響，張口狂噬，吐出新芽繁殖滋長，重又破壞毀滅，周而復始。循環的過程，不是很像愛與恨的交戰嗎？一雙戀人各自坐落秋千，盪過高牆，喚取春迴轉之前，試圖親嘴，腳踏地面，一言不合卻又互扯頭髮。我們習慣把欽羨的眼光投寄西方，這滑稽的過程，急不及待歸功公元五世紀前希臘的阿喀馬內斯，給原始因取個名堂，司管創造的喚作克托諾斯，性好毀滅的就是混沌，創造未必就是好，有時候毀滅反為造福人群，譬如病毒不斷變種增長，我們就渴望混沌能把它們毀滅。平心而論，更早前中國西周記錄在《易經》的陰陽論說的不就是同一道理？《周易》的六十四卦，外面的圓圈掌理時間，包容在內裏的方圓管轄空間，生命在天風姤展開，進入一帆風順的天山遁，銜接的卻是天地否，老眼昏花腰酸背痛，接著是山地剝，須要靠打坐和吃補藥維持本命的力量，弄得不好，就天火大有，一生人就在游魂、外在、內在、歸魂的程序兜圈，宇宙的「變」與「無常」的法則，都由卦象一手包辦。至陰蕭蕭，至陽赫赫，在蕭蕭與赫赫之間，也就衍生宇宙進化論，爭長短沒意思，最想說的還是東西文化也會志趣相投。享福與受罪，亦似陰陽相生相剋，畢竟世事並沒有絕對與純粹，總是沾染一點雜質，尋求幸福，就要付出相當的代價，享福就是受罪的孿生兄弟。無論是克托諾斯與混沌的鬥爭，還是陰陽不協調，從中總會產生一隻旋風眼，是吞併的正中央一個看似平靜的現象，即是莊子在〈秋水篇〉裏說的：「得而不喜，失而不憂。」大半年來奶奶的遭遇，或者也應該用這份平常心看待。

老爺去世，有如強迫奶奶在垂老之年更改每日的作息表，一日三餐已經由老爺一手主理，吃過早餐，兩人到市中心幾個公園散步，聽取雀鳥傳送大自然的訊息，中飯後是社區圖書館時間，向報章雜誌與近期的資訊打個招呼，晚飯後索性留在家裏，面對電視兩人比賽，看誰可以睜開眼睛看罷三小時的劇集而不打瞌睡，星期日夫婿、女兒與我前來探訪，他們倒要調整時間表，也不知道兩人是否依然心存愛意，老爺已經變成奶奶的生活習慣。老爺猝然心臟病發，恍似一個頑童趁奶奶站起來時移走她背後的座椅，奶奶不為意，跌個四腳朝天，從此像掛在樹上的一片殘葉般脆弱。奶奶被迫自己弄飯，飯後依然到社區圖書館閒坐，一個傍晚快到閉館時間，奶奶依然賴在圖書館不走，管理員到來查詢，原來奶奶忘記回家的路，須要勞煩夫婿到來認領，以後奶奶的活動範圍僅限於家居的睡房、客廳、廚房和洗手間，摔了一交之後，身體更是每下愈況，經常患病，記憶力逐漸衰退，雖然未曾患上認知障礙症，卻經常忘記定時吃藥，發展下去，連藥丸藥水瓶放在哪裏也不知曉，夫婿特別聘請鐘點看護把她照料，還是不放心，放工後更要到奶奶的家裏巡視，正職之外還有無薪的兼職，直到晚上九時多，奶奶上床就寢，他才放心歸家，女兒每晚等着他回來吃飯，不到一會便是休息時間，對大家的腸胃都不大好，商量過後，決定把奶奶送進安老院，卻也苦候了一年，安老院才有空位，大半年前終於安置奶奶到安老院，夫婿喘一口氣，不出三個月，新冠狀病毒突然爆發，安老院的長者首當其衝，以為奶奶在安老院可以吃到安樂茶飯，到頭來送羊入虎口。

沒來由的新冠狀病毒易請難送，罪案發生，我們習慣尋求一個元兇，今次肇事現場其實不止是武漢一個海鮮批發市場，米蘭與都靈的污水溝也難辭其咎，旅遊業發達，只促進病菌像火種般隨處點燃，交響樂團的指揮棒一揚，寰宇村便在熊熊烈火中焚燒，聖誕前後病毒隨處飛揚，到了三月，戶外的花草樹木再不敢抬起頭來，怕橫飛的口沫，驟變為扼喉的毒手。本來天行健，君子也就自強不息，世事遍遍有衰退的時刻，譬如二十世紀發生觸目驚心的兩場世界大戰，鬥爭到底還有轟炸機迫擊炮肉眼可見，病毒卻是無形，一觸即發避無可避，每個國家都缺乏醫療人手，護理人員被迫升級為醫生，防毒儀器不足，護理人員又容易貶為病人，剎那間人像落水遇溺，感覺到大量的水份湧進肺裏，只因為病毒引起果凍狀的分泌物早已佔領肺部，再濃的氧也不能進入血液，病人只感到呼吸困難，卻是全程清醒，親身體驗死前的煎熬，直至最後幾分鐘，也舒不出一口氣。報章大肆渲染死前的慘狀，也不過為無事可做的讀者提供刺激的養料，我們不是虐待狂，看後並沒有一絲喜悅，此刻只想把奶奶接回家團聚，然而手續辦妥不能反悔，況且疫情急轉直下，甚至不容許我們到安老院探望，每天只能透過 Zoom 視頻通訊和她閒聊數分鐘，奶奶卻完全不知道人間的慘況，好奇地摸索着液晶顯示器，樂意和夫婿玩捉迷藏，夫婿就把她當作孩子，囑咐她每天按時吃藥，獃在房裏不要隨處亂跑，奶奶唯唯應諾，不到五分鐘，便自動從電腦畫面消失，夫婿對着奶奶強顏歡笑，一關上手提電腦，便頭臉低垂，我猛然聽到潺潺的雨聲，以為是雷暴，抬頭望窗，迎接我的卻是一框和煦陽光，這才看到夫婿簌簌的眼淚，敲打着淺灰色的金屬外殼。

無論外面陽光普照還是淫雨紛飛，對我們都沒有切身關係，客廳的長條沙發就是我的觀眾席，戴上耳機，供奉神明般捧着智能手機，看可以收錄的長篇電視劇，一集又一集，一齣又一齣，這就是疫情初期我每日的議程，到時到候，對街走來一個遛狗的女子，我就知道要準備午餐，當時還未盛行戴口罩，只套到狗的寬鼻上，眼看兩幫人馬就要擦身而過，其中一隊知情識趣，走到馬路中央，算是保持社交距離。我們甚至不用這樣做，夫婿是汽車廠的機械工程師，主要負責汽車引擎和周邊系統的版面設計工作，或是根據新車型或是改型後的需要，進行動力系統零件設計，上班時也多是留在辦公室繪圖，疫情後索性留在家裏工作，學校關閉後，我暫時失去教席，女兒也不用背着書包上學，都沒有出門的理由。

設計工藝圖紙也會令夫婿感到煩厭，他藏起圓規和間尺，提議一家人到奶奶家清理雜物，自從奶奶入住安老院，祖屋丟空，夫婿並沒有出售的意圖，潛意識似乎渴望奶奶還有歸家的一日。很久無人料理，開鎖進屋，一股發霉的氣息衝進鼻翼，卻阻止不了女兒在空屋裏亂跑，似在課堂裏玩尋寶遊戲，忽然在奶奶睡房的抽屜找到一串項鏈，雖是半寶石，燈光下依然閃閃生輝，女兒就着梳妝枱的鏡子，掛到頸間據為己有，夫婿試圖阻止，我搖頭向他示意，多日來未見女兒露出歡顏，難得她好興致，就隨她高興。真正的貴寶石其實來自書房，柚木架上一列排書，包括長短篇小說，都出自奶奶手筆，五十年前初版，六年前重新發行十八部精選集，由奶奶親自挑選、修改和校對，一本本筆直站在書架上，像挺起的胸膛，夫婿莊重地從書架搬下來，裝進紙皮箱，運到車廂。奶奶二十多歲便從香港到美國留學，嘗試用英文寫作，獲得文藝獎第一名，然而，她不想終生把中國的風俗習慣渲染成異族色彩，用感傷的言辭為搓麻將、灶君、執骨師和陰陽眼的傳說塗脂抹粉，她的著作並沒有贏得外國的書商青睞。奶奶就潛心用中文撰寫擺盪在兩種文化之間的無根感覺，被公認為留學生文學的鼻祖。儘管夫婿在美國出生，一自童年，奶奶親自教導他認識中文字，他閱讀奶奶的著作，有如吸納原鄉的氣息。

晚飯後，夫婿就着落地燈柔和的光線，從紙箱裏抽出一本奶奶的著作來讀，夫婿不能親身擁抱奶奶，就看她的書算是精神上的熊抱。他本來橫躺在長條沙發的扶手墊，猛然坐起，喚我過去，與他並肩閱讀：「……當然，最容易做到的事，是把一切都埋怨在邊界上，這就是政治家常用的技倆。防人之心不可無，於是他們訓練了一批邊防官，儘管是人，卻要學習警犬的嗅覺，把每一個過境的旅客當嫌疑犯審問，無疑兩個國家土地接壤，加拿大的子民，卻不可以逗留在美國超過九十天，如果他們願意，倒可以在邊界置業安居，每天駕車到美國的郵局寄信寄包裹，貪圖郵費比較便宜，加拿大的楓葉飄飄落到美國的柏油路，倒不會給掃回祖國，美國的松鼠溜到加拿大撿拾果子，也不會因為非法入境而被拘捕，雞鳴犬吠，亦經常聲音兩邊走，邊界路邊的石縫長滿青苔，穿制服的男女從守護亭進進出出，保衛的似乎就是這些閒花野草……」

我在香港長大，上世紀九十年代初，家人深恐時局動蕩，想到移民，我被迫追隨，並沒有放棄閱讀中文，自然明白奶奶的心意，還幫忙夫婿唸下去：「……我們大半生努力工作積蓄，置業安居，不是也試圖用房屋的範圍劃出邊界，不准閒人僭越？家就代表歸屬感，可以與親人心意相通，自高聲價，也不過在瑣瑣碎碎中尋找樂趣，在井井有條中覓得安全感，玻璃杯與茶杯放到廚櫃的右邊，碗碟按大小形狀擺到中間的四格，刀叉與筷子自然安睡在下面的抽屜，旁人偶然把小碟放到廚櫃的最上格，那一天突然感到天下大亂，我們最愜意是看到數目字，聽見詩句，尤其是忽視平仄對偶的現代詩，立刻感覺頭痛。」

「媽媽真是明察秋毫。」夫婿忽然插嘴，想到前兩晚洗過碗碟後，夫婿幫忙我擺放，錯把托盤擱置在廚櫃的第二格，給我臭罵一頓，家庭主婦對碗碟的擺放有嚴格的規定，男士總是不以為然，無論兩夫妻怎樣恩愛，就有這些利害衝突，這時夫婿不禁發放報復的笑聲。疫情期間難得外出，電視劇看得多又生厭，晚飯後讀奶奶的作品，成了我倆的娛樂，甚至可以定名為「兩夫妻讀書會」，女兒在這裏出生，小時候懶得學習中文，這時候只好望洋興歎。而且奶奶的文意，對她也是霧中風景。

奶奶純粹書寫人為的界線，邏輯與夢的爭持，就算略帶譴責的語氣，也是善意的提點。算不算作賊心虛？我竟夜不能成寐，薄薄的毛毯搭在身上，只感到夢的重壓。下一天起床後吃過早餐，我循例又拿起智能手機，卻彷彿觸到靜電，智能手機幾乎從掌間拋出，依依不捨重新撿拾，近來我養成習慣，喜歡瀏覽網上的櫥窗，這天又看中一個品牌的高跟鞋系列，鞋跟上的圓球，設計別致，正要點擊認購，猛然想起衣櫃裏各式各樣的鞋，已經堆積到沒有插針的空隙，況且在互聯網購物，當時興致勃勃，等到貨物送上門，不是不對辦就是已經擁有，又不能退貨，疫情期間收入減少，消費卻增加。來到浴室對鏡自照，近日看電視劇時固然多吃零食，因為手頭上有太多空閒時間，往往從食譜裏無中生有搬出一個個糕餅，一個月下來，自覺賤肉橫生，即管踏上體重磅，果然又重了一千克。經過女兒的房間，聽見必必剝剝的聲響，知道她已醒轉，敲門後進去，女兒肚腹壓在床褥，赤足從後彎高在半空中打圈子。「怎麼？又在玩手機遊戲？」我皺著眉頭問。

「才不是呢！」女兒從床上一躍而起。「剛才比蒂傳來短訊，說近日常和一家人在花園種菜，顏色固然鮮艷奪目，也美味可口，況且由自己親手栽種，特別覺得鮮甜多汁，她們試着種了生菜、綠豆和蘿蔔，我們要不要也試試？」我的身體早在風中搖擺渴望救贖，女兒的一番話，彷彿在乾涸的土地灑下甘霖，我隱隱看到大塊大塊的綠葉從黃土地竄出來，認定這就是新生。

女兒和我來到後花園，搜尋一個陽光普照的地段，幾乎是全年最炎熱的一天，我們像兩個受虐癖，在烈日下走動，女兒的性格就是這樣，一想到就要做，我這個廿四孝母親只好陪着她瘋。女兒用專家的口吻對我說，菜苗最忌陰影，喜歡曬日光浴，每日不與陽光嬉戲六至八小時，冤枉一生，多風的地方也不宜種菜，固然幼苗立腳不穩，也嚇跑傳播花粉的使者，菜苗下的土壤須要排水流暢，濕潤的泥土只會使根莖容易腐爛。整個上午，女兒和我就忙着翻土搬運石頭，弄得大汗淋漓，彷彿到溫泉洗浴，毛孔卻又份外舒暢。一切就緒，我倆駕車到家得寶購買肥田料和種子，女兒喜歡吃番茄和小黃瓜，埋下種子在土壤裏就是我們踏出的第一步，以後每天起來，首要的任務就是來到菜圃巡視幼苗，很快幼苗便模仿蝴蝶在陽光下拍動草綠翅，卻不見跡象會開花結果，一個星期下來，女兒已經心灰意冷，躲回房裏打機，種菜的事只是陽光下的玩笑。

種菜不成，我假裝若無其事，趁着星期日，返回屋裏，按照食譜的指示，用焗爐製作六個葡式蛋撻，並且呼喚夫婿和女兒出來吃，然而過去已經不可以再回頭，奶油酥皮焦糖積聚在肚腹，無處發洩，消化不良卻不只是我一個人的症候，就像新冠狀病毒感染全家，屋裏又沒有踏車舉重之類的儀器，我們只感到翳悶，猛然打開的窗戶傳來細碎的腳步聲，來了又去去了又來，配合過路的車聲和一、兩陣犬吠，像輕巧的街頭音樂，我們三人細意聆聽，不約而同嘴角都泛起會心的微笑，幸福本來是一條隨身攜帶的黃手絹，只是近年我們改用紙巾，一時倒忘記了它的好處。拖鞋換過便鞋，我們決定到鄰近走一遭。

說來好笑，女兒出生後不久，一家三口遷來北溫這個住宅區，十多年來似乎患了色盲症，往往把彩色的風景看成黑白照片。有個笑話，說一家人在八年裏環遊三十七個國家，卻從未望一眼後花園對開的尼加拉瓜瀑布，我們也不過五十步笑百步。平日夫婿駕車載我們上學，亦蜿蜒的車路其實沒有太多彎轉，低矮的樓房外，就是高可參天的樹木，倒垃圾的一天，每家人門外擺放回收袋廢物箱，我們也懶得把黃色藍色分類，假日一輛車直駛獅門橋到市中心的購物商場，姹紫嫣紅的喜鬧更與鄰舍無緣，新冠狀病毒限制了我們的活動，我們被迫在丁方三尺的範圍摸索，倒學會睜開眼睛，推門見璀璨。

以為是無遮無掩的一條直路，且讓車輛在我們左邊爭先恐後，筆直的石階猛然推移到我們右邊，像潘洛斯階梯，永無止境循環走動，始終向前沒有終點，插進樹冠，幾乎可以幫助我們直上雲霄，女兒躍躍欲試，向我們挑戰，提議大家比賽跑上去，轉眼已經不見蹤影，我倆並非七老八十，到底不及年輕人精力過剩，急步奔了三層，已經支持不住，要坐到一旁的彎背長椅休憩，女兒卻俯頭下來，嚷着說別有洞天，是城市秘密收保的一個兒童遊樂場，秋千、滑梯、鋼架、搖搖板一應俱全，讓女兒記取不太久遠的童年，可惜都繞上鮮黃色的膠帶，寫着「疫情期間，暫停使用」的字樣，像一個道學先生板起臉孔公事公辦。

從天梯下來，再走幾步，一腳踩進石池，以為石頭都是清一色的灰白，經過天然漂染，竟像繽紛的復活蛋，黛綠、橘紅、橙黃、紺青、茶褐中又刻滿鉛黑的斑點。形狀也多樣化，三尖八角的像削落的樹幹，也有長方形的像磚頭，正方形的像錦匣，說是卵狀也不誇張，其中幾塊像被打雷劈成兩半，瓣開來白裏透黃，像蛋白和蛋黃，石頭完全摒棄肢體距離，似親密的社區，堅固但是溫柔似夢，擠在一起看日出日落，聽狂暴細碎的風聲，承受雨露的拍打，祥和而有生命力，生活裏的富足，也不過是這樣。石池其實離社區郵箱不遠，只是每星期我們到來取信，都是駕車沒有步行，也就錯過景致。女兒挑撥着石頭，有一塊像一隻唱着歌的鳥，唱了一半突然變成石頭，歌聲停止了，但仍然繼續嘶喊。女兒放進袋裏就要帶回家，夫婿心平氣和地說：「為什麼一定要獨佔呢？留在這裏讓大家都可以欣賞，不是更好嗎？」女兒帶點不情願地放下，依然掏出手機，說要拍張照片傳給比蒂看。

路旁忽然傳來招呼，一個門牌號碼，釘緊在斬伐下來的樹樁上，年輪倒置，傳送俏皮的秋波，女兒忙不迭掏出智能手機拍攝，以後的一段旅程，她便充當業餘攝影師，專門收錄奇趣，門牌號碼可以刻在三生石上、千年龜背、咖啡壺旁，又可以分道揚鑣，每隻烏鴉的剪影攜帶一個號碼，合起來就是家和萬事興。門牌號碼寫在鐵銹色的鏈輪上，是否表示這戶人家喜歡騎單車？號碼旁邊畫一個金屬錨，猜想這家人喜歡航海，號碼下的木盆栽滿莖葉肥厚色彩鮮艷的花草，真想叩門問問屋主，可為園藝着迷？疾馳而過的人家都未必是藝術工作者，透過門牌號碼，又隱隱吐露自己的品味。

攀上山坡，一隻小鳥向我們吹口哨，聲韻婉轉，像在空氣中打圈，樹叢茂密，窩藏着牠的身影，馬路上卻有幾隻烏鴉跳躍，張口附和，發出的卻是政客說盡謊話後聒噪的聲響。新冠狀病毒作為動詞期間，有人依然須要裝修家居，屋瓦上傳來敲打的聲響，車房裏又有單調的燒焊聲，不遠處，一個男子推着割草機應和，我忽然想起移民之前，當時還在世的父母喜歡帶我們到上環海旁的平民夜總會，小型購物車和飲食攤檔砌成大笪地，算命師傅擔保雜技員不會出意外，赤膊的龍虎武師便放膽舞刀弄劍，當然少不了街頭的樂師唱曲演奏，這裏也有別具一格的交響樂，女兒又掏出智能手機錄音，夫婿說：「為什麼我們不能靜心欣賞呢？」說着找一塊石墩坐下來。

女兒何嘗不是後花園的尼加拉瓜瀑布，出生的頭幾年，家居附近的公園就是我們兩母女的遊戲室，每星期舉辦嬰兒時間的圖書館是我們的書齋，摟着女兒唱童謠，環抱女兒在膝蓋，一本圖畫書在手，共同唸故事，那是我們最親密的時刻，然後女兒學走路，一天我坐在公園的彎背長椅，和另一名母親談天說地正高興，女兒忽然從我的懷抱掙扎下來，一直向前跑一直向前跑，這就失去了女兒的蹤影，等到我在噴水池旁邊找到女兒，抱回來的似乎是另一戶人家的骨肉。家居裝修之後，女兒有自己的房間，我也經常躲在工作室裏備課，各有各精采。一天工作疲倦，我從液晶熒幕抽身出來，到廚房喝一杯水，遇上女兒站在洗碗糟前喝鮮奶，窗外的陽光為她戴上了金冠，女兒在未經我同意下又長高了幾寸，只是女兒手捧的水杯，描繪人魚公主的卡通圖像，又出賣了她一顆還是童稚的心。女兒十三歲的一個早上，悄悄地溜進工作室，雙眼通紅地向我傾吐心事，說自己可能患了不治之症，醒來時身體不適，如廁時還發覺內褲染有血痕，不是幸災樂禍，我不禁笑起來，說那不過是人生必經的一個階段，早一年我已經準備了衛生棉，等待機會向女兒灌輸初潮的訊息，蹉跎歲月，青春的一刻已經搶先一步，我向女兒道歉，抹去她眼角的淚痕，剎那間兩人重拾兒時光影。新冠狀病毒似乎又讓我們小團圓，每日把臂同遊，的確增進兩人的情感，從圖畫書晉升到兒童小說，繼而少年小說，女兒已經學會把想像力寄託到周遭的景物，路邊一朵寂寞的野花是霸凌的犧牲品，荒地上棄置的枯木是重生的恐龍骨，別人後花園的菩薩石雕為新冠狀病毒的死難者唸經超渡，女兒似乎是不協調、矛盾、成熟與童真的混合體。散步歸家，兩母女對坐在廚房的木桌，分享一罐蛋卷，我看見女兒亭亭玉立，忍不住走過去，把女兒摟抱入懷，女兒沒有歡迎也沒有抗拒，我便貪婪地吸納女兒身體灑過爽身粉後散發的純真氣息，女兒突然也提起手，輕撫我的手背，猛然夫婿闖進來，女兒彷彿作了虧心事，粗暴地推開我的手，站到雪櫃旁邊，女兒就像埋藏在山洞裏的石荀寶穴，還有很多形態，等待我去發掘。

飯後果是奶奶的長篇小說《花旗心》，苦澀多於甜美，卻又提神醒腦。心之所託就是花旗國，人們看多了花旗國千萬金元製作的電影，總以為那裏的紳士都頭戴大禮帽身穿燕尾服，淑女都包裹在露肩曳地長裙，終日唱情歌大跳踢踏舞，不知道銀幕上看似輕易的踢踏舞也需要長期苦練。小說裏的男主角自維城大學畢業後，申請到花旗國半工半讀，畢業後在一間中學覓得教職，卻是一段寂寞而又苦楚的旅程，愛情固然多番波折，事業也要從低做起，先後當過了餐廳侍應、酒店的門僮、在野雞大學教授中文，辛酸不足為外人道，十年後返回維城相親，黑髮裏隱藏銀絲，親戚朋友還以為是金光閃爍，親戚朋友安排下結識了女友，她滿腦子只憧憬着花旗國的美好前程，也不知道究竟是真心愛他？還是貪圖他的移民身份？對於男主角的遭遇，我倒有同感，一自香港過來，以前的經驗作廢，我需要從頭做起，攻讀教師執照，還要經過鐘點工和臨時工的歷程，才累積經驗為全職。夫婿比較專業，也要寒窗苦讀多年。女兒倚着我身畔，聽夫婿和我辯論，彷彿隔着一道玻璃幕牆內望，似懂非懂，又想趁熱鬧，找來紙筆惡補中文，抄寫書名，「花旗心」三個字寫得歪歪斜斜，陰差陽錯倒又符合奶奶的原意。

散步時其實可以把家居作為核心，向東南西北的方向走動，其間還有多種變化，譬如東南、西南、南北、東北，如果你喜歡，還有西北偏北，只用腳步，畫出一個個花瓣。日復一日我與女兒出門，夫婿只在星期日加入，儘管雙腳可以劃出不同的路線，始終腳踏實地不是飛翔，就算鄰舍的風景並不一樣，到底不能從石頭與木頭之間變出一隻金蛋，我們倒沒有放棄，就當是定時的運動，起碼回家後可以喝一大杯清水，吃四塊夾着燒牛肉薄片的三文治。要是紅色跑車沒有擦身而過，這天的散步與昨天和明天並沒有多大分別，然而跑車的確疾馳而過，還停在不遠處的路邊，例行公事也就有所偏差。從跑車裏躍出一名十八、九歲的少年，揚手向司機道別，跑車也就絕塵而去，少年背着我們走在前面，磨得發白的藍色牛仔褲緊裹着豐腴的臀部，上身卻是完全解放，坦誠地碰擊陽光與空氣，女兒本來走在我的旁邊，猛然冒出一句：「How disgusting！」聲音頗大，似乎故意說給少年聽，少年沒有回應，兩手空空，赤足踢着路邊的塵沙，女兒是太尖酸刻薄了，用虎背熊腰形容少年，似乎頗為誇張，從後背看，肌肉很是結實，金色的鬈髮低垂到耳際，來到路口，少年忽然停步，猛然轉過身來，海藍色的眼睛驀然在昏暗中亮起，額頭與挺直的鼻梁劃出一根弧線，嘴角間掀起略帶嘲弄的微笑，剎那間他的胸膛展露，胳膊粗壯，不似是用健身儀器強迫出來，看他皮膚白皙，又不似是做苦工的類型，想是經常運動的成果，一尊古希臘石雕彷彿經過呼氣活起來，我似乎聽見海浪拍擊岩石的聲響。車輛停下，少年揮手表示道謝，奔過馬路，迅即隱進一幢打瞌睡的花園洋房，恍若仲夏一個潮濕的夢。

隨手拈來奶奶寫的另一部長篇小說，是關於鄉愁的故事，書名寄託哈代的情懷，索性喚作《還鄉》。男主角幼年時隨家人從原鄉避難到維城，快樂就這樣丟棄，此後他在維城的名校就讀，到花旗國深造，榮升為著名學人，在世界各地巡迴講學，一顆心始終繫念鄉野，退休後決心回鄉探看究竟。飛機降落，下榻酒店，他便急不及待與妻乘公路車到故居一轉。上車時他看到一隻肚腹雪白，背部、尾巴及羽毛都呈紫藍色的喜鵲，棲息樹上婉轉鳴叫，還笑着向妻說是好預兆，記得故園在一座廟宇背後，下車後經過廟門，忽然心臟病發，倒地身亡。我覺得奶奶收筆倉促，固然事前她也暗示男主角的心臟經常不規則地跳動，想要高聲說話，又覺得肺部缺氧，心跳到喉頭，憋得他透不過氣來，我始終覺得男主角的死過度戲劇化，夫婿卻辯駁說奶奶寫的是憂傷與失望，事前已經有多處伏筆，暗示這是一段死亡之旅。小城在男主角的印象中就比較黝黑和低矮，記憶中的彩色都褪為黑白，沿途滿是販賣商業氣息的攤檔，群山都隱到雲霧背後，突然高聳的樓房提供不熟悉的天際線，連河水也唱着他不熟悉的歌，連接兩岸的小橋已被拆卸，店鋪不再營業，昔日的故園只剩下一副恐龍骨架，生命總是這樣，深埋在理想裏，一旦在真實裏現形，可以完全走了樣，打擊足以致命，不知道為什麼，午間遇到的少年，忽然在我腦海匆匆掠過。女兒又是似懂非懂取來紙筆臨摹書名，然而筆劃實在太多，況且一個「還」字，她也不知道應該先從左邊的「辶」部着手，還是右邊的「目」部，終於放棄。

美是大自然倏忽的恩賜，往往乘人不備即席現身，依然廣受歡迎，尤其在這個空氣混濁的年代，幾乎打一個噴嚏也可以像發放子彈置人於死地，美更像鬧市中一幢神聖的教堂，開放門戶供人稍息，心靈剎那間得到洗滌。然而，美總是短暫和膚淺的，俗諺不是有「眼睛吃冰淇淋」的比喻嗎？相等於一個冰淇淋杯的容量，吃時用舌頭舔吮，之後抹過嘴巴，也就完事，無論男女，倘若把驚艷的體認放在心頭，只會得到針刺的痛楚，當時我暗叫一聲「美哉少年」，回家後洗一把臉，也就忘得一乾二淨，晚飯桌上，女兒不知道為什麼特別多話，對我與夫婿的情事問長問短，其實我們本是業務上的朋友，逐漸發覺彼此志趣相投，終於結成連理，過程如佐餐的白開水，乏善可陳。臨睡前我經過女兒的房間，看見大門半敞，即管探頭進去看個究竟，女兒對着鏡子，用暗瘡膏塗臉，突然看見我成為鏡中的一角，登時像驚弓之鳥，從原地彈起，慌忙把我推出去，關上房門並且加鎖，令我大惑不解，然而下一天我與校方有個會議，須要睡個好覺養精蓄鋭，也沒有把女兒的魯莽放在心頭。

說是會議，也不過是在空氣中會面，我任教的學校屬於溫哥華教育局，怕Zoom容易洩漏私隱，改用Microsoft Teams，我初次使用，有點手忙腳亂，夫婿向來使用Zoom，又幫不了大忙，幸虧我對科技向來有一定程度的掌握，上網後再在電郵找到一個連接鏈，很快便與同事取得聯絡，過程非常順利。會議結束，是中午十二時，剛好是散步的時間，我一意與女兒同遊，只是走遍全屋，並不見女兒的蹤跡，追問夫婿，報說女兒等不及，自己先出去。換過便鞋，我循着平日的幾條路線找，還是不見女兒，正想放棄，卻看見女兒躲在家居附近的一棵大樹後，閃閃縮縮，又不是參加舞會，女兒今天卻換上一件剛從網上訂購的紫紅色圓領雪紡及膝裙，容光煥發，我沒有打擾，溜到女兒背後不遠處，窺探究竟，女兒聚精會神察看一戶人家，也沒有留意我在附近。車房旁邊搭建了一個籃球架，三名少年蹦跳着玩籃球，其中一個正是昨天女兒高呼「真是噁心」的少年，今天他卻穿著整齊，白背心運動褲球鞋，露出衣衫外修長的手腳，拿着籃球跳躍，表現得極度矯健，身體輕巧地向上躍，存心要直衝雲霄，隨手把球一拋，彷彿要追隨彈球躍過鐵環，雙腳落回硬地，彎腰狂笑，似乎嘲弄自己異想天開，偶然回過頭來，烈日下蒸發大理石的汗光，小腿肌肉像出自名家的斧鑿，眉毛細密，微風中蓬鬆的鬈髮在太陽穴和耳際俏皮地跳彈。

算是給母親節一點面子，安老院特別容許我們親身探望奶奶，只此一天，下不為例。夫婿依然興致勃勃到花店訂購了一打鬱金香，紅橙黃紫，幻成彩虹的色素。果然只是探頭張望，看護把坐在輪椅上的奶奶推到門前，我們站在石階下打招呼，相對無言。夫婿把花束放到階前，看護接手擱在奶奶的膝上，奶奶拿起來嗅一嗅，先摘下黃色的一朵插到髮鬢，再摘掉紫色的一朵，就要送進嘴裏，幸虧有口罩阻擋，紫色的汁液依然沿着口罩滴落下巴，我想到奶奶大半生才氣橫溢，無論怎樣聰慧，來到生命盡頭，依然闖不過花痴這一關，疫情肆虐下，也不知道還可以經歷多少風浪，禁不住吐出一聲感喟，回頭看夫婿，眼中泛着淚光，相信別有懷抱。這天女兒戴着從奶奶家擷取的項鏈，雀躍地踏前一步問：「謝謝嫲嫲，你看項鏈配襯我這套衫裙好不好看？」花束已被取走，奶奶沒有花吃，有點賭氣，別轉臉到門框，女兒很是沒趣，過不了一會便嚷着要回家，抵達家門，又改變主意，說要去散步，夫婿自動請纓想要相陪，女兒一口拒絕，說要獨自一人清靜一下，我知道她心有所屬，向夫婿搖頭打眼色，且讓她去。女兒一溜煙消失後，傍晚才歸家，吃過飯後就躲在房裏，發出必必剝剝的聲響，相信又與比蒂互通訊息，自然忘記這天是什麼節日。我不是貪圖禮物，只是想到親人一個個捨我而去，母親節的一天，我並不快樂，臨睡前倒看見床頭櫃放着一個錦盒，打開來，裏面悄悄地躺着一條銀色的手鏈，串起兩顆互扣的心，上面刻着夫婿和我的名字。

連接幾天，餐桌上的女兒，像活在吹波膠製造的氣泡裏，咬一口手中夾著火腿的三文治，輕輕咀嚼，彷彿正在品嘗一首詩，我提醒她沙律醬都漏到指間，她便細意用舌頭舔，似在吃白色巧克力，嘴唇湊到汽水杯上的吸管，卻不是啜飲，吹出無數泡沫，然後神經質地笑起來。雙眼落在夫婿的臉上，夫婿說一聲哈囉，她卻毫無反應，搜尋窗外景深處的另一張臉孔。吃罷三文治，拔出吸管，把殘餘的汽水都倒進喉間，行事過份倉促，嗆得咳嗽起來。我想站起來過去替她揉背，她揚手阻止，說要出去散步，一溜煙隱到門後。夫婿的眼睛充滿問號，我便和盤托出這幾天的發現，夫婿聽後，忽然提起奶奶寫過的一個短篇，名叫〈我把心留在唐人街〉，故事開始，男主角站在巨型的紅色拱形牌坊下，由左右兩隻板着臉孔的石獅子陪同，眺望內裏唐人街的風貌。木構佛塔、神廟、紅牆綠瓦、當然少不了一連串的紅燈籠，交通燈亮起表示停步的手掌訊號，似乎沒有帶來多少效應，行人與車輛繼續爭路。律師樓、參茸藥材店、協勝公會、腳足堂、大酒家的招牌像萬國旗飄揚，髮型工作室索性升起一支布旗，高大威猛的紅磚同鄉會建築壓着樓下低矮的銀行，電話亭加蓋中國式的塔形建築，雜貨店已經租賃一個鋪位，依然把一盤盤的水果蔬菜鹹脆花生堆積門外，狹窄的街巷更擠得水泄不通。舉頭只見綠地白字的路牌暈頭轉向，伊麗莎白街下是陳守暉路，州政府曾經重金禮聘名建築師設計一張唐人街改建草圖，仿效中國以外第一條唐人街，位於三藩市，一場地震把這街道煥然一新，不知道淘金熱把中國華南地區珠江三角洲的精壯男子引來加利福尼亞州，尋金不成，自立門戶，單是洗衣店就有七千家，倒有戲院提供娛樂，唐人街最馳名的卻是妓寨、賭檔和鴉片煙窟，說是「城癌」未免冤枉，種族歧視把二萬二千人規劃在十二條街，才弄致市中心的貧民窟，罪惡夷為平地後，華裔商人陸潤卿有意重建唐人街，聘請的外國設計師卻不懂中國建築，並非惡作劇而是故意，異域風情加上奇幻，就是要拓展開心樂園歡笑地，無意到香港廣州上海北京實地取景，是不在中國販賣的幸運曲奇。陸潤卿認為唐人街荒謬滑稽的風格，正好是西方人心目中的東方形象，遊客千里迢迢，就是要用照相機拍攝唐人街的不倫不類，勉強取走，唐人街再沒有吸引力，紐約市政府顯然有同感，紐約的唐人街變成三藩市的翻版，其後倫敦、溫哥華、墨爾本、新加坡紛紛效尤，嫖賭吹始終在地下架步陰魂不息，第一爐沉香屑，竟然是海外唐人街的藍本。

男主角聚精會神看，冷不提防身旁擦過一名長髮女郎，穿着繡花的粉紅旗袍穿街過巷，水蛇般的風姿盤旋在燈柱，與牙香樹的幽香混合，男主角在人頭湧湧中，再分不清楚聲音與氣味，不自覺拋棄石獅子追隨，幾條街後女郎卻隱身進一間陰森的樓房裏，此後再沒有出來，男主角多次重來，再找不到女郎的蹤影，他依然到茶樓吃廣東點心，在書店翻閱新從維城運來的緋聞週刊，並且買幾本武俠小說回家細讀，忐忑的心也就安頓下來。夫婿說這是奶奶對香港的鄉愁，卷首她引馬博良〈華埠〉一詩最後的章節：

那被命運的吸血管吮吸着的
被白蟻群所吞蝕着的
走遠了還想着的
那在天涯邊令人厭恨着
卻又頻頻回望着的
煙花似的
桃源之街衢。

更是欲蓋彌彰。夫婿既然提起，我也覺得自己每次經過唐人街總有點神不守舍，渴望帶一點什麼回家，我還可以把自己的失魂落魄喚作鄉愁，然而女兒在這裏出生，怎知道故鄉的容貌。夫婿卻爭辯說人到了一個年齡，都有一份望鄉的情懷，結果可以是美麗，也可以是哀愁，經歷過後，人便成長。

夫婿返回工作室後，我獨自一人在屋裏隨意亂逛，女兒的房門緊閉，我閒着無事，試着扭動門旋，居然歡迎我進去，我也就不客氣，一個階段過去，我坐在女兒書桌旁的椅子，憑弔一番。好像還是昨天，女兒撒嬌，要求夫婿在睡房的護壁板描繪蝴蝶與花，是夫婿畫機械零件外的技倆，一張印有人魚公主頭像的床單，可以讓女兒樂透半天，人魚公主始終得不到王子的青睞，就在枕前擺一隻泰迪熊算是補償。曾幾何時，女兒再不熱衷夫婿與我的熊抱，床單改換為會在黑暗中放光的火箭印章，床頭放有罩篷要求自己的私人空間。床頭對上的牆壁，前一陣子還張貼積斯汀·比伯的海報，近日比伯走火入魔，滑溜的肉身像打補釘般佈滿紋身，從神話裏走出來一條凶神惡煞的龍，女兒嫌他變成黑社會的小嘍囉，海報移居垃圾桶，改貼湯姆·霍蘭德的巨照，如輪轉的男神我不熟悉，只知道霍蘭德出身自漫威漫畫的蜘蛛俠，從巨照所見，紅色的背景裏，霍蘭德穿一件雪白的汗衫，外加有拉鏈的灰色薄外套，只像拍打着球從前門走過的男孩，散發不出一點魅力，然而對當今少女的品味，我又知道多少？女兒的床頭櫃擺放一根蠟燭，品牌就叫「男孩的氣味」，拿起來在鼻孔一掃，混合着黑加侖子和白雪松的芳香，這就是男孩的氣味嗎？透過房間的擺設，女兒似乎要向全家人傳遞一點訊息，只是夫婿和我向來視而不見，更沒有洗耳恭聽。

下一天的散步時間又到，我輕叩女兒的房門，問可已準備好上路，睡房的門打開，女兒出來，彷彿脫胎換骨化成一個仙女，房間可能還是凌亂，儀容卻經過小心修飾，臉上塗抹薄薄的面霜，散落的頭髮經過梳理，平日出去，女兒只胡亂在身上套一件T恤牛仔褲，這天卻改穿淺玫瑰色輕紗短裙，夫婿剛巧從工作室出來，不禁吹了一聲口哨，這就是當天的高潮，家居附近縱是四通八達，也沒有什麼值得大書特書，女兒倒是有點心不在焉，說是散步，卻更像緩步跑，似乎希望快些完事，好專心籌謀另一勾當，我倒是步履舒緩，仔細端詳擦身而過的野草閒花，一棵樹貼有告示，說自己昨天在這裏遺失手提電腦，重金打賞尋回的人。我駐步評頭品足：「手提電腦居然可以丟掉，真是糊塗蟲。」猛然背後傳來急促的腳步聲，加上「太太！太太！」的呼喚，女兒轉過頭來，眼前一亮，就像泥塑木雕般僵在山路旁，美少年趕到我的身邊，亮出一個小零錢包：「是你們丟掉的嗎？」深藍色大朵白花瓣的布料，當然一眼認出，我探手進褲袋，手指摸出一個大洞，有口說別人，沒口話自己，縱使面對後輩，我禁不住面頰飛紅，疫情期間，本來講究社交距離，少年卻懶管繁文縟節，見我點頭，趨前一步，索性把小零錢包塞進我的掌心，迅即揚長而去，經過女兒身邊，就算隔着一段距離，我依然可以感覺女兒屏氣斂息。這天少年穿一件短袖襯衫，從背後看，一半插進褲頭一半露出外面，依然不修篇幅。少年猛然往山上走，女兒尾隨，反正我也沒有固定的方向，即管隨着年輕人瘋，經過一戶人家，露台足有溜冰場那麼寬廣，一個小童踩着腳踏車出來，成人探出頭來叱喝：「喂！你想到哪裏？」小童怯怯地說：「在這裏附近踩一個圈。」「空氣裏充滿病毒，你想尋死嗎？要踩在家裏踩，不准出去。」小童無奈掉轉腳踏車進去，不一會又在露台現身，成人還是不肯罷休：「喂！今天我擬的算術題，你都做好了嗎？」眼見七八歲的小童搖頭，氣焰更盛：「整天就只知道玩，快進去做功課。」小童只好把腳踏車泊在露台，垂頭喪氣進屋。少年把一切看在眼裏，臉色驀然陰下來，眉頭緊皺，嘴角扭成一道向下彎的曲線，不自覺噴出一陣輕蔑的噓聲，成人已經隱身進屋裏，少年聳聳肩，繼續漫步，少年走後，女兒來他剛才站立的位置，雙目緊閉，彷彿要吸納少年遺落的殘餘怒氣。

地點不是趕趨時髦的香城，也不是財源廣進的花旗國，而是神州裏曾經顯赫的一座浮城。晚上夫婿與我討論奶奶的另一個短篇〈到外灘學英語〉，背景就是浮華世間。那年代浮城重新開放，每天海潮推來一艘艘郵輪，嘔吐大量遊客，本城人久未接觸紅鬚綠眼，固然蔚為奇觀，更可以趁機學習外語，儘管遊客是環宇村的子民，最容易溝通的還是英語。短篇裏的女主角，學校裏也有英語的科目，想是資質遲鈍，課外又缺乏發揮的機會，始終未能駕馭，中學畢業，英語還是說得一塌糊塗，每晚她到風景怡人的外灘散步，卻不止想練習英語，她雖然是家中的獨女，和父母擠在一間周轉不靈的房舍，里弄裏又住着多戶人家，整天吵鬧不休，她只是想透一口氣，這晚她又倚着欄杆看海，背後傳來一聲哈囉，回過頭來卻是一名金髮青年，轉動着湖水藍的眼睛，問她和平飯店的去向，青年穿的夏威夷恤，色彩斑斕，一如鬧市的霓虹光管，和平飯店就在外灘，游目騁懷，是浦東的天際線和滾滾黃浦江東逝水，只是她英語不靈光，緊張起來更是舌頭打結，反正無事可做，她決定親身引路，金髮青年在飯店裏登記下榻後，提議共到餐廳喝一口茶，平常沒有外賓穿針引線，等閒人等都不准進入餐廳，她自然不肯放過這個機會，果然不負所望，不止茶特別香，糕餅也甜，更有老牌爵士樂隊助興，耳際響起上世紀三十年代的老調，金髮青年喝着啤酒隨口哼唱，告訴她來自花旗國，受雜誌社所託，到來拍攝一輯風景照片，順帶提到，他也擅長人體寫真，還稱讚她有美好的輪廓，她似懂非懂地聽着，只覺得青年面善，恍似在一些荷里活電影遇見，一時卻叫不出名字，已經神馳，座位本來寬敞，不知有意還是無心，金髮青年經常把大腿伸過去，磨擦她的小腿，她害羞中又帶點興奮。用過茶點，金髮青年邀請她到樓上的房間，說要為她拍幾張照片，進入房間，金髮青年卻嫌空調不夠，要到浴間洗一把臉，她少進飯店房間，趁機瀏覽房內的擺設，用手撫摸柔軟的床，猛然看見一面鏡，反照浴室裏的青年，沒有掩門，他已經脫去夏威夷恤，身上金色的汗毛，在燈泡下閃着光，頭皮原來是連衣帽，面具卸去，露出豺狼般的一張臉，她暗吃一驚，不等青年出來，開門逃脫，此後再沒有到外灘學英語。

女兒把頭枕在我的膝上，聽我捧着奶奶的書唸幾段，兩母女彷彿又回到昔日共讀圖畫書的日子，然而王子不但未能打救少女，還想佔她的便宜，女兒聽得滿不是味道，噘着嘴巴說：「少女沒有變成公主，真是可惜，嫲嫲為什麼這樣殘忍呢？」

「這樣的感情怎會開花結果？」夫婿禁不住插嘴：「你嫲嫲不過是

反映現實。」

「嫲嫲眼中的現實也過份灰暗哩，況且結尾金髮青年居然變成人狼，簡直脫離現實，又不是寫〈小紅帽〉的童話。」

「這種手法有個名堂——魔幻寫實。」

「什麼叫做魔幻寫實？」

「是二十世紀四十年代開始風行的一種敘事文學技巧，既描繪現實世界，又滲入魔幻元素，於是幻想與現實的界限變得模糊。儘管作家採用魔幻元素強調現實，依然根植於大量的現實細節。」

「嫲嫲豈不是抄襲別人？」

「不是抄襲，是受到影響。」

「嫲嫲滿腦子都是這些稀奇古怪的幻想，難怪晚年會患上認知障礙症。」

「請你尊重嫲嫲的想像空間。」每當夫婿不高興，便會提高聲線。

「嫲嫲自己已經不尊重這個世界。」女兒不甘示弱。得不到她想聽到的，她幾乎痛恨奶奶。

本來是茶餘飯後的閒談，忽然充滿火藥味，我幾乎聽見空氣中傳來刀劍交鋒的聲響，趕忙從雪櫃裏掏出冰淇淋降溫，那晚大家依然不歡而散。

居家就業的好處是避免舟車勞頓，放工時間甫至，轉一個身，已經從辦公室回到家裏，像變戲法一樣。對於工作狂熱的人，做到迷頭迷腦，不管天昏地暗，又會泥足深陷，很多時候晚飯時間已屆，仍未見夫婿從工作室出來，探頭進去張望，還在為一幅汽車零件的草圖傷腦筋。這天黃昏倒是例外，儘管電腦熒幕仍然亮着，收看的卻是網上新聞，前一夜與女兒的口角只是茶杯裏的風波，席地幕天還有更多事情需要照顧，我端來一張椅子，坐到夫婿旁邊。新聞從業員報導，直到今年六月，未見有金盞花開放，疫情肆虐，種子又怎會生長？截至目前，病毒已經殺害五十萬人，仍然不肯罷休，大都會經歷第二次封城，仰望印度上空，盡被蝗害掩蓋，也門最不幸，疫情之外，還要承受瘧疾和霍亂的侵擾。人禍並沒有因為天災舒緩腳步，燃油像眼淚般濺到俄國海岸，尼日利亞發動游擊戰，黎巴嫩舉行反政府示威，巴基斯坦的證券交易所遇襲，中國與印度的邊防緊張。新聞如雷貫耳，我們兩夫婦彷彿游走在瘟疫蔓延的城市，心胸狹窄的里弄傳來一股嘔心的悶熱，紛雜的氣味從樓房、商店與餐廳滲出來，像褻衣晾在半空，沒人收拾。工作室外傳來大門的開閤聲，知道是女兒回來，今早一家三口坐在一起吃早餐，女兒始終一言不發，想是餘怒未息，夫婿問她睡得可好，也是含糊應對，這時我趕出去跟進，女兒澎的一聲關上房門，餉我一客閉門羹，她的心情卻亮麗，智能手機張口揚聲唱出一首流行曲，我本來不熟悉女兒喜愛的歌曲，這一首卻耳熟，細聽竟是「搜索者」的〈我不會再找到另一個你〉，七十年代流行時她還未出生，我初聽時到已經是二手貨，事隔多年，竟然在新一代的流行榜借屍還魂，現在再聽，詞曲都鬆軟得像少女情懷，卻總是一首詩。我知道女兒喜歡載歌載舞，隔着厚重的房門，我依然可以想像女兒高舉雙手，掌心向外，打圈旋轉，是一個歡迎的姿勢，將要發生的事情，是好是壞，女兒是否都樂意接受？

路邊一株酢醬草一棵蒲公英，都是宇宙的密碼文化與符號，可以據為己有，女兒再不興許這一套，重新加入我的散步行列後，寧願選擇奔跑跳躍，少年一伙的胡鬧，最投合她的心意。不是冤家不聚頭，近日散步途中，經常與少年不期而遇，總與兩名年齡相若的結伴同行，像緩緩移動的路障，往往攔在前頭。近日染症人數直線上升，出門前女兒與我都不忘戴上口罩，與路人保持肢體距離，少年一伙的面容卻完全光裸，三人也走得相當接近，彷彿不夠體貼，便辜負了狐群狗黨的美名。他們似乎有無盡的精力須要發洩，各拿着一根樹枝，猛擊圍欄的鐵杆，刻意製造鏗鏘的聲響，敲打似乎沒有為他們提供足夠的樂趣，他們又喜歡撿拾棄在地面的松果，互相投擲，一擊中對方的要害便手舞足蹈，女兒看在眼裏，幾乎也想加入，聽見他們縱聲狂笑，嘴角也不自覺泛起笑容，然而較高的一人實在狂野，幾乎可以上手的物事都想拿來當武器，石頭和木屑打在身上已經覺得刺痛，有一次他還不厭異味，撿起溝渠旁邊一堆狗的排泄，就要向少年擲去，少年極為不悅，詛咒過後，拔足奔得無影無蹤。過兩天少年踽踽而行，他本來走在馬路左邊，女兒與我避到馬路右邊，女兒忽然擺脫我的手臂跑到馬路中央，車輛駛過，女兒再避到馬路左邊，差點兒與少年並肩而行，女兒嘴唇嗡動，似乎想與少年打招呼，不知是羞怯還是驚悸，臨時卻轉過頭來，嬌羞地喚了一聲媽咪，我帶點不悅地說：「回來吧！」少年本來和我們有過一次交接，這時卻像沒事人般，繼續用樹枝拍擊圍欄，一路敲打過去，我們只不過是他眼前不足道的幻影。

這晚夫婿與我做了一點新嘗試，只討論奶奶的長篇《傳家寶》的第一章，女主角對物質有份依戀，不是貪慕虛榮，根本她份內的工作，就是為大戶人家料理家居，勤力拭抹塵埃，日久也就理出一份情感。女主角其實有多份兼職，每星期兩次，她到香城一間政府公務員宿舍打掃，女主人是殖民地高級警官太太，並不寬容，經常挑剔，然而欺壓總是生活裏的常規，抱怨無補於事，女主角也就忍氣吞聲。這天女主人卻份外客氣，可能因為這是女主角為她服務的最後一天，下星期警官便要舉家返回日不落國，臨別秋波，言行也就美善。女主角正在洗衣房裏為女主人熨一件睡衣，女主人擺動着臃腫的身軀，招手示意她進主人房試穿一件旗袍。女主角平日也經常出入主人房，都是攜着吸塵機進來，室內的景致像揚起的塵埃迷迷惘惘，這時女主角穿上旗袍，衣櫃的鏡子倒反照塌床上堆疊的彩綢墊子，床頭擺放收音機和英文畫報，拖鞋踏着紅地藍紋的小地毯，牆角一塊京戲臉譜，凶神惡煞地瞪着下面宮燈式的字紙簍。老實說，旗袍穿在女主角嬌小的軀體，並不如女主人期待中的大小紅木雕花几，一個套着一個，更似喜劇裏的大妗姐衫，女主人卻視而不見，連連讚好，心情開朗，隨手又撿來一整套輕金屬餐具，遞到女主角面前，玻璃盒上貼着紅色的壽字，裏面珍藏二十四件餐具，細數就有各式各樣的盤子、有柄的大杯子、餐叉、餐刀、湯匙和嬌滴滴的茶匙，這才是女主角夢寐以求，連聲感謝，歡喜中竟覺輕微眩暈。女主角離去不久，香城的廉政公署已經派員到來，以貪污的罪名，拘捕高級警官。女主角當然不知情，小心翼翼拿着餐具下樓，特別破例截了計程車，趕着回家給夫婿看，餐具蒙上一層銅綠，大都灰暗無光，他們依然愛不釋手，捨不得使用，十多年後女兒出嫁，從裹了金屬包頭的大木箱裏掏出來給她做嫁妝，至於後來女兒把金屬餐具留傳給孫女，孫女又保存下來給曾孫女，已經是其他章節的故事，值得一提的是那件旗袍，一直埋藏在樟木箱裏，再無人問津，多少年後，曾孫女無意間撿出來，已經被蟲蛀了多個破洞，我認為奶奶沿襲向來的主題，女主角的拜物狂源於一份崇洋心態，夫婿卻認為物件本身是無辜的，就看人的詮釋，難免帶着情感的投射，女兒只覺得我們的話題無聊，早已回房與比提互通款曲。

女兒向夫婿借用一架寶麗萊相機，原本笨重如黑色琴鍵的設計，搖身一變為粉紅色的鏡箱，輕巧地融在掌心，也不用到照相館沖印，按動旋鈕，快門便像裝鬼臉般吐出一根舌頭，不到數分鐘，白色的硬紙張便顯現大千世界的繽紛，最切合年輕人急功近利的心態，卻是上世紀的發明，不知道女兒怎樣知曉？女兒特別換過一襲粉紅色的衫裙配襯相機握在手中，彷彿輕撫浪漫。還未到散步時間，女兒已經急着想出去，我知道女兒心的指引，也不想多干預，畢竟女兒已經逐漸成長為一個亭亭玉立的少女，就讓她獨自來去。想不到女兒卻是孤立無援，還未夠半小時，已經開門進屋，哭着奔回睡房，像一隻無助的花面貓，我尾隨進去追問，只見女兒伏在枕頭痛哭，我摸不透是怎麼一回事，卻看見女兒粉紅色的衫裙佈滿不相襯的泥濘，就算洗熨，過後依然會留下印痕，就像患了天花的病人，痊癒後依然遺下一張痳臉，我知道女兒最心愛這套衫裙，不禁為她惋惜。從女兒口中套不出事情的原委，我隱約倒知道誰是罪魁禍首，一股怒意昇上心頭，換過一雙便鞋，找上門去，要興問罪之師。少年下身緊裹着一條深藍色的單車褲，上身索性赤裸，拿着小鐵鍬，雙手平衡着在屋脊上走來走去，彷佛馬戲團裏的一名雜技員，沿着屋脊，一直來到屋簷上，彎身探望，發覺去水道塞滿泥濘，便探手用小鐵鍬去挖，隨手一揮，挖出來的泥濘，都灑到下面的柏油路上，灰白色的路面本來也算潔淨，給少年一撥，頓時變得斑剝，石縫間一朵小白花，仰臉迎向陽光，讓我想起至誠的初吻，少年懶得理會，一團泥濘又飛過來，像吐到小白花臉上的一口濃痰，我想起女兒光潔的衫裙，就這樣被糟蹋，怒氣再起，舉頭向着屋簷大喝：「喂！你可是瞎了眼睛？知不知道馬路隨時有人行走？」少年並沒有理會，埋頭埋腦繼續操作，我正想再發問，一團泥濘又從屋頂撲下來，不偏不倚打中我的鞋頭，在烈日下，少年的皮膚依然像大理石般光滑，只是皮肉掩蓋的，似乎是有光沒有熱的軀殼。

中午，女兒又成了我散步的良伴，鎖好門後，我倆走下小斜坡，為免刺激女兒，我故意迴避少年經常走過的路，女兒也覺察到，沒有什麼表示，我們穿過多戶人家的園圃，與社區的郵箱群打個照面，來到向上擺放的天梯，風景毫無新意，如果女兒有所抉擇，必定與同齡的友人走在一起，只是女兒找不到，惟有順應天命走在我這個老太婆的身旁，我可以感覺到女兒的不快，無端撿起躺在路面的樹枝，敲響路旁的鐵欄杆，彷彿要追趕一段逝去的歲月，愈來愈熱的天氣幫不了忙，就算女兒更換了無袖的衫裙，依然驅散不了心浮氣躁，我默默地觀察女兒的動靜，無奈地嘆一口氣。有一天我們走下山坡，忽然聽見潺潺的流水聲，循着聲音追隨，我們發現一個樹冠蓋天的隱密王國，下游的灌木叢，展現長滿蘆葦的低窪地帶，潮濕的涼風驅散暑氣，溪澗旁還有幾塊巨石提供座椅的舒適，以後兩母女走得倦了，便來這裏憩腳。新冠狀病毒卻不肯放過我們，還變種繼續滋擾人間，口罩成為出門時必須穿戴的武裝，剛巧我執拾衣櫃時找來一包做衣服後剩餘的布碎，以後散步之餘，我們又有了新的手藝，打開縫紉機，剪裁出一個個口罩來，女兒起初只當我的助手，熟能生巧，漸漸自己也會做出新貨色，兩人做得高興，還野心勃勃說要在網上經營口罩的生意，在衣車一板一眼的聲響裏，我隱隱感到女兒的心境似乎平靜下來。一天下午我來到睡房找尋女兒，不見蹤影，卻發覺她床頭擺放的相架夾着一張寶麗萊照片，少年赫然就是主角，項背光裸雙手平衡在屋脊踩鋼線，我認得少年左手拿着的小鐵鍬，一團泥濘彷彿從畫面飛脫出來，朝着我的臉響亮地掌摑。

這晚夫婿另闢蹊徑，也不討論，隨手撿來奶奶的長篇《夢都》，朗誦其中一段，不能與奶奶熊抱，夫婿撲向文字，感染親情：「這城市的消息傳得快，模特兒穿着鏤空綁結掛頸背心迷你裙、過膝長襪、羊角高跟涼鞋、幾何形狀手袋、皮革手環，剛在花都的天橋轉了一圈，涼風已經有信，把香氣傳送過來。城市依然保存很多老字號，騎樓下是蜿蜒無盡的長廊，走在當中要像攀山般小心，提防會從突然下陷的石級摔倒。這一邊的馬路，人力車與貨車爭路，陰暗的另一邊，百貨店、疋頭公司、米舖、中藥堂共冶一爐，牛奶公司旁邊的香水店，售賣的花露水可能滲有雜質，上面唐樓的住客，把洗濯的零星雜物晾在衣裳竹上，像升旗般從裏面撐出來。填海後依然有足夠的浪潮，把小輪從這一個碼頭推到另一個，遠至離島與新界。守護着教堂的聖約翰雕像，經不起鄰近廟宇的香火鼎盛，突然一聲咳嗽。老遠乘飛機到來的遊客，急忙舉起掛在胸前的相機，然後匆匆轉乘火車深入神州的內臟，這裏的夏天潮濕，就算沒有下雨，到街頭走一遭，輕便的衣裝已經濕透。冬日人們渴望下雪，期待到的還是汗雨，惟有憑藉想像繪一幅雪景，對着畫圖做夢，幻覺自己來到阿爾卑斯峰滑雪，曾經生離死別的親人都一一重來，海底隧道直通日不落國花都花旗國楓樹國。海旁出現郵輪，提供接送，大部分人都不願離去，寧願陪着城市腐朽，離開的也後悔，身已在異地，只好讓城市在記憶裏閃動珠光……」夫婿還未唸完女兒已經插嘴：「這城市究竟在哪裏？」夫婿也不作答，反問：「你認為呢？」女兒不置可否，隨便用下巴指向窗外某處，回頭看我，我用手指向當前三人置身的安樂窩，夫婿迎着我詢問的眼神，但笑不語，用手撫心。

病毒像擅闖入屋的蒼蠅盤旋不去，並且變種為新的姿態繼續滋擾人間，一家三口如常面對電視吃早餐，新聞報告員覆述醫務衛生署的指令，在公眾場合，保持社交距離之外，戴口罩已經不是自己可以選擇的行動，而是帶有強制性質。聽後我用開玩笑的口吻對女兒說：「我們不是說過要在網上銷售口罩嗎？幾時你去弄個網址？讓我們正式採取行動。」女兒若有所思。暑假行將結束，在「停課不停學」的大前提下，學校考慮繼續暫停面授課堂，嘗試全新的網上學習模式，那天就召集全校的教師在 Microsoft teams 發表意見，會議在七嘴八舌爭辯一輪後結束，我只想用散步來鬆弛一下，走遍全屋卻找不到散步的夥伴，不好意思再打擾夫婿。「剛才還看見她拿着一大疊口罩，也不知道是否打算去派街坊？」夫婿說得輕鬆，天空無端響起一聲驚雷，眼看快要下雨，我慌忙換過便鞋，隨手取過門邊的一把傘，急步朝心中的目的地走去。可惜已經太遲，來到美少年的家門前，只見近日經常與我們打照面的三名少年，圍着一個少女，迫得她走投無路，受害人就是我的女兒，三名少年站成半圓形，像女兒穿戴的項鏈上三顆明珠，發出的卻是慘綠的色素，其中一人彷彿受了酒精迷醉，身體有點搖晃，在少數服從多數的形勢下，更覺得理直氣壯，加上人多欺負人少，份外滿足自己的權力慾。

「怎麼？你想我們戴口罩？」喜歡惡作劇的少年把手中的啤酒罐擱到一旁，把口罩垂到下身，雙腳穿過套索，嘗試拉上褲頭當內褲穿，扯到一半，套索斷了，他依然用口罩掩着下體，擺動着臀部說：「是不是這樣？」

「下流賤格！」不堪入目的姿勢令我憤怒，過去牽動着女兒的臂膀說：「別和這群流氓一般見識，我們回家去！」

「回家？是啊！快些滾回老家吧！別在這裏遺害人間。」愛在地上撿拾穢物襲擊別人的高身少年插嘴，彼此膚色不同，已經給他一份優越感，病毒引來的諸多禁制，更令他昏頭轉向，不耐煩招致的憤恨與絕望，這時正好找到宣洩的渠道，凝聚成一口濃痰就向女兒吐去：「中國病毒！」

美少年看在眼裏，並沒有干預，還放下啤酒瓶，搭着兩名死黨的肩膊，三人異口同聲地高喊：「還給我們自由！還給我們自由！」他們開始踢着腳跳肯肯舞，左腳踢過再換右腳，彷彿要把我們踢進火坑。

女兒料不到他們有此一着，手中的口罩都掉到地面，她掩臉痛哭起來。

「來！我們回家去！」我再說一遍，伸手過去，想把她扶持，可是女兒並沒有領情，彷彿突然給我窺破她作了虧心事，摔開我的手，也不管雷雨滂沱而下，哭喊着奔跑過馬路，一雙腳遠看像蒲公英的莖，頂上本來開有一簇黃花，羽狀的種子隨風四散，顯得有點迷失方向，狂妄的舉動，嚇得沿途來往的車輛都驚叫起來。

穿過家門，女兒直闖房門，還要反鎖，似乎睡房就是她的地洞。如果沒有下雨，我還不致於過份擔憂，然而濕衣服黏在女兒身上，我恐怕她會着涼，硬着頭皮找來萬能鎖鑰，開門進去，女兒仰躺在床上抽咽，雙手交疊在肩膊，彷彿一隻受傷的鳥，想用翅膀包裹自己，我扶女兒起來，幫忙她換過睡衣，女兒倒沒有抗拒，也沒有任何表示，反身面對牆壁。我把濕衣服拿到洗衣房，熨衫板上擱着幾件剛洗過的衣物，需要我料理，反正無事可做，插過開關，熨斗便像游船在波瀾起伏的湖面曳航，然而女兒心內的皺褶，幾時可以熨平？晚上女兒發了高燒，我最擔憂她被惡少年吐了一臉口液，會感染病毒，連夜到藥房買了檢疫包，測試後，幸虧結果是負面，女兒依然不肯看醫生和服藥，我輕輕掩上房門，就讓女兒暫時自我隔離。

女兒睡了一整天，沒吃任何東西，彷彿心靈感應，遠在安老院的奶奶也是睡了一整天，沒吃任何東西。十天前奶奶開始咳嗽，然後身體逐漸感到不適，兩母子本來每天在空氣中相聚十來分鐘，連這個小小的程序也被打擾，夫婿心有不甘，與我駕車到安老院準備闖關，來到大門口已經被警衛截停，透過手提電話，夫婿與院方達成協議，暫時不要把奶奶送進醫院活受罪，就讓駐院的醫生開了止痛的藥物，然而藥石無靈，過兩天奶奶悄悄在睡夢中與世長辭，事後夫婿打聽到奶奶被院方一名看護傳染，想與院方理論，可是，就算打贏官司，千萬金元也不能贖回奶奶的性命，只好作罷。況且死者已矣，活着的還有一個女兒讓我們牽腸掛肚。女兒始終不肯起來，活像一個植物人般躺在床上，我把飯菜用托盤端進房裏，女兒也不肯沾唇。我倒留意到女兒喝光擱在床頭的一杯水，以後便加入葡萄糖，讓女兒起碼保存一點精力，倘若女兒繼續任性，我們也毫無選擇，打電話召喚白車把她送進醫院。關心女兒的還有比蒂，眼見她多日沒有回覆來訊，致電我的手機追問究竟，我喜孜孜拿着電話到女兒房間，這正是個好機會讓女兒向人傾訴酸楚，女兒依然毫無反應，就是這份默然不語，最令我們憂心如焚。

未及一星期，奶奶的遺體便火化，殯儀館倒讓我們透過 Zoom 看大殮的情景，經過化妝後的奶奶彷彿躺在一葉無風無浪的輕舟，棺木裏還有奶奶心愛的衣物陪葬，不忘她愛讀的書，堂倌讓夫婿透過視頻挑選了一株康乃馨，放到奶奶胸前，闔上棺蓋，我們低聲說再見，祝福奶奶一路好走，棺木便沿着滑軌溜進焚化爐，想到親人本來在自己身邊活生生伸手便可以捉摸，一瞬間化作幻影，只能在記憶中存留，逐漸更會被歲月沖淡，夫婿不禁悲從中起，儘管面對的只是電腦熒幕的影像，也嚎啕大哭起來。

「誰……在……哭？」女兒氣若游絲的聲音猛然從房裏溢出來，穿過冷巷，來到夫婿的工作室前，跌跌撞撞。

原載《印刻文學生活誌》二〇二二年十一月號
總第二三一期，略有增刪

心居繭出

沿山建築的樓房好像突然傾斜，儘管柏油路面平滑，踏着斜坡時竟像攀梯而上，一層又一層。放眼遠眺，深淺不一的綠樹間，夾雜着棗紅色的楓樹，因為樹冠開闊，提供太陽傘的陰涼，橡樹隨着一擁而上，忙碌地點綴遠方的山麓。路旁的梨樹下，猛然閃現彩虹的光芒，有人在泥土間半埋着一張張鐳射光碟，不是用來傳送輕音樂，枝葉間待哺的果實預告豐收，大概屋主不想一年來澆水接枝的辛勞，都被嘴饞的浣熊坐享其成，想到豎起藩籬。無數黃色灰色的粉牆擦身而過，多是人家的前院、車房、原木小屋，偶然擱下一盞日本式的石燈，放射不出光線。夾雜在來往的車輛間是幾聲鳥叫，在這個悠閒的週末下午，連燒焊聲也顯得懶洋洋。腳下流水潺潺，釘在大樹椿的「小心黑態」告示，更似驚險片的海報，與現實生活脫節。極目碧藍的天，總是光的所在，一瞬間我們感染到林布蘭畫幅的心靈頓悟，與及尤金史密斯的攝影，從黑暗恐怖的道德劇場，追尋美與救贖的心路歷程。神並沒有背棄我們，倘若風景裏有教堂，我這個無神論者也會進去朝拜感恩。就是一點光吸引我向右轉，藍色的「鄰舍守望」招牌在路旁佇候，保護一列平整方正的社區郵箱，烈日原本令我汗流浹背，微風輕拂，用竹搭建的高身涼亭，也像搖籃般擺盪起來。道路愈來愈窄，走過五塊石階，還要再攀四級。長滿青苔的大石擋路，紅磚路蜿蜒，穿過又是另一個社區。這裏大多數人家都有陽台，三張臥椅圍着的白圓桌插一把太陽傘，日子可以過得寫意，一個牌匾慶賀應屆的畢業生，馬路盡頭設一個屬於大眾的藍球架，任人跳高投擲，小小圖書屋就悄悄立在路旁。

黃色路牌的箭嘴指向左右，教人有點無所適從，然而通往羅馬豈止一條航機路線，繼續走下去，紅地的招牌寫着「大學油漆」的白色字樣，似乎粗活叨一點最高學府的光，特別令人另眼相看。走下一道車路，另一個路牌提醒車輛慢駛，附近可能有兒童嬉戲，果然，右邊的空地開闊成一個兒童遊樂場，紅紅綠綠的立方體堆疊成兩道滑梯，卻被一條黃色的膠帶圍繞，附有「疫情期間，暫停開放」的告示，積木般的架構沒有兒童的衣服磨擦，陽光底下顯得有點蓬頭垢面。轉彎是巴士站，橫過馬路，我開始上坡，這裏的人家喜歡修飾門面，米色門牌釘在砍伐的樹樁上。本來是高尚住宅區，依然擺脫不了被人塗鴉的命運，粉牆上出現兩顆巨型的心，用愛神的箭貫串，上書一對小情人的名字，在大庭廣眾公開示愛，任是一片情痴也顯露一點孩子氣。疫情並沒有舒緩人家施工裝修的步伐，兩個工人在屋瓦上跳躍，不忘轉身向我打招呼，本來守門的石獅子，暫時躺在泥濘上，道路忽然分岐，我正想走下坡，潛意識又覺得走錯路，憑着直覺改變方向，幸虧繼續往上走，穿過一列橡樹，小小圖書屋遙遙在望，從另一個角度看，微彎着腰鞠躬盡瘁。

超乎想像以外，午間這條寂靜的山路，連藍色跑車也收斂銳氣俯伏街頭，四根修長的黃色保護套，像放風箏般把電源線扯上半空，柔柔小黃花便安心地開放在綠色的草坪上，深綠色的樹籬前，小小圖書屋沈默地守護，灰褐色的屋瓦下展露彩虹，蛋黃色的外牆，鮮紅色的正面，奶白色的方框，陽光淺淺地投射在窗玻璃上，小小圖書屋便急不及待剖白自己的讀書情趣，彷彿從神話裏現身。我見過小小圖書屋的變貌，在海外一個大都會的酒店附近。出門旅行，我慣常與自助洗衣場玩捉迷藏，不意卻碰見一間戶外圖書館，當然沒有中央圖書館的宏偉，瑟縮一角，也不見得像鳥屋般渺小，應該可以媲美劏房的面積，不算多的幾個書架，倒也像模像樣陳列各種學科，沒有人手，活動完全數碼自動化，最佔優勢是二十四小時不停為讀者服務，半夜失眠，到來按幾個紐，也不用勞煩信用卡入帳，身旁又添了書香紅袖。病毒肆虐之後，固然須要絕跡海外，這裏所有的圖書館都暫停開放，我居家就業，也有寂寥的時刻，小小圖書屋倒彌補我的空缺。透過玻璃，一塊木板把內裏隔成兩半，上格擺放雜誌，下層或站或臥都是袋裝書，我即管打開木門點閱，滿目盡是流行小說，類型倒把浪漫、冒險、懸疑、間諜一網打盡，內容不清楚，倒認得作者，每有新作出現，貴多不貴精，名字總在暢銷書榜徘徊大半年，流行小說自然有它們的魅力，只是我習慣張愛玲、朱天文、吳煦斌細緻花巧的蓮步，趕路般堆砌的節奏只讓我吃不消。上格倒還吸引，兩、三本都是《紐約人雜誌》，而且是近幾個月的期數，這一年市面講究社交距離，拉遠了我與書本的情緣，兼且封鎖了我對當今世界的認知，這些雜誌倒像及時雨，解決了我對知識的渴慾。

回家後，《紐約人雜誌》放到咖啡桌，我到浴室洗手，搪瓷盒裏胖胖的肥皂，像躺在搖籃的天使，還我乾淨。在水龍頭下搓着雙手，我戲謔地唸夫人在《馬克白》第五幕第一景的獨白：「去，該死的血跡，去吧！我說，一滴、兩滴，那麼，現在可以動手了，地獄是這樣幽暗，呸，我的大老爺！呸！你是一個軍人，也會害怕嗎？為什麼我們要怕被人知道？既然誰也不能奈何我們。可是，誰想到這老頭兒會有這麼多血？」新冠狀病毒不斷變種，又豈是肥皂可以應付？坐到沙發，我讀剛撿來的一本雜誌，當中有〈你的身體是蓬萊仙境〉，有什麼比這一篇更應景呢？

作者波姬．賈維絲把肥皂放到顯微鏡下觀照。話說肥皂分子的磷脂是兩性分子，一端是疏水親油的長烴基鏈，與磷脂雙分子層兩劍合璧，撕裂保護病毒的脂肪膜而把惡菌殲滅。另一端是親水含氮或磷的頭，與水結盟，把惡菌的遺骸沖走，洗手盆儼然是一個戰場，水龍頭下見證一場廝殺。可是，寫《清潔：皮膚的新科學》的醫生記者詹姆士．漢布林卻聲稱：「五年前，我已經停止淋浴。」漢布林依然會隔兩天洗一次白恤衫，然而要身體每天接受保濕除臭血清酸的洗禮，他就敬謝不敏。漢布林的執著，驅使賈維絲重估清潔的功效，遐想遠古時代，有人偶然發現動物脂肪滴落灰燼，造成的泡沫有清潔作用，泡沫逐漸成了一些人的迷思。再引用羅蘭．巴特在《神話學》的話語，泡沫甚至可以成為某種精神符號，只須採用細微的份量，就可以製作大量的表面功效，提供一種輕飄飄而又深厚的奧妙形象。泡沫刺激一份浮奢的意味，表面看來毫無用處，隨便磨擦一下，便會無窮無盡的生產，讓人想到蓬勃茁壯，本身已是一個健康的形象，那種既輕飄而又立體的觸覺，幾乎令人聯想到幸福，想要肆意追尋，在虛幻中，我們卻忽略從木灰中濾出的鹹液，其實有侵蝕作用，甚至會灼傷皮膚，只適宜為衣服除垢去污，所以古人洗澡，用的不外是水、沙、輕石刮刀、油和香水。肥皂誕生在十九世紀的美國，編織消費的神話。肥皂其實是從肉食包裝行業棄置的大量動物脂肪，加上鉀碱而成的商品，發展下去，人體的各部分，包括頭髮和臉都各有可以應用的肥皂，由於肥皂會令皮膚乾燥，調理保濕爽膚的用品應運而生。企業家更把肥皂與保濕品混合，製造新產品，只減退了清潔功效，有皂等於無皂。同一肥皂公司更會發行多種競爭品牌，標榜一塊比另一塊更潔白，給用戶多重選擇的錯覺，其實激發虛榮感，充其量為社會營造一份表象。新冠狀病毒肆虐後還變種，兩位作者並沒有完全否定肥皂的剎那功效，他們卻揭穿肥皂實際上是由合成化合物製成的清潔劑，過份依賴，嫩滑的手變作紅酥手，只會鑄成錯錯錯。讀過文章後，我即管再試驗肥皂，經水沖洗，竟會粒粒脫落像魚鱗，自身難保。

文章從肥皂起步，再討論皮膚，不是阻礙繁殖的圍牆，皮膚更像一個打開的窗口，微風吹送，上面每一個毛孔便張着嘴，像〈紅玫瑰白玫瑰〉裏，迎接嬌蕊濺到振保手背的挑逗，方便我們與周遭的世界打交道。肉眼看到的皮膚只屬表層，內裏充滿生命力，經歷乾枯、老化，自然會死亡。對預期的威脅過份憂慮，錯失機會與細菌作良性的衝擊，損壞免疫系統，肥皂以至其他護膚用品，就承擔這些罪名。很多微生物把我們的皮膚認作家園，過份仰賴肥皂，洗脫保護皮膚的天然油脂，微生物變成無家可歸，只會擾亂大自然的平衡。皮膚就像一張保鮮紙，緊裹着此時此刻的我們，讓我們免受致命輻射與病源體的襲擊，保證我們身體有足夠的水份，保持正常體溫。皮膚也是重生的基本分層，每日成千上萬的表皮自我們的身體脫落，無疑增加空氣裏的塵埃，然而皮膚細胞只不過是經歷新陳代謝的過程，在臨時搭建的城堡自我犧牲，成全造就我們的其他億萬細胞，養生之道不在於肥皂，不是水份與油脂兩種敵對物質的衝突，而是適度的陽光、清新的空氣、灑下幾點塵埃，自然不能忽視完全免費的休憩公園，因為文章的啟示，我在光線下審視自己的皮膚，認識錯綜複雜的網絡。

重新想起小小圖書屋，在幽暗的角落睜着一隻空洞的眼睛，甚至可以說是全瞎，就靠有份量的書籍開竅，我驀然被一份使命感臨幸。最初的念頭是我拿手的哲學書籍，譬如沙特的《存在與虛無》、卡謬的《薛西佛斯的神話》，甚至《論語》、《道德經》與《莊子》的英譯，卻又考慮出手過重，退而求其次，手頭上多了一本《諾頓短篇小說選讀》，範圍橫跨西方筆耕園地，一九八六年的版本，小說長河從一八三二年一直流到一九八五年，全書一千五百九十七頁，用薄薄的紙張印製，拿在手裏依然重甸甸，像文學的啞鈴，要是誠心每日捧讀一篇，相等於舉重，鍛煉心智的健碩。過兩天趁着天朗氣清，我親自運送。打開小小圖書屋的門扉，一塊白色的橫板分隔上下兩層，麻雀般的腑臟，書脊稍高已經站不起來，惟有把它橫放，隔了一天我去巡視，書本已經給人領養。我瀏覽自己的書架，隨心驅使抽出一本本來翻閱，盤算着下一個候選人，我彷彿站在黑膠庫裏挑選樂曲點唱，帶着唱片騎師的喜悅。托妮·莫里森的《秀拉》，封面只是綠地黃字，期望新讀者翻到第二頁，躍現紙上的「……看着她的黑人會笑一笑揉揉膝蓋，山谷的人容易認得笑聲，沒有注意眼瞼下某處的成年人痛楚，也落在包頭破布和軟氈帽下，在掌心、在磨損的翻領後、在肌腱的曲線……」的這幾句，會引誘他們把《秀拉》領養回家。維珍妮亞．吳爾芙的《到燈塔去》，封面畫一個鼻尖凍得發紫的少女，迷惘地望向遠方，然而吳爾芙為歲月每個段落劃下句號，感覺被時日噬咬的陣痛與安詳，又豈是一個傷春悲秋的神情可以完全概括？波豈士的《沙之書》，封面幾乎懷疑由薩爾瓦多．達利設計，左下角伸出雲石櫃的一隅，金色的鐘面沒有頭面，原本計時的長短針和十二個字母，由桃紅柳綠的抽象空間取代，倒又切合波豈士言簡意賅的短篇，每個故事通常不超過十頁，言之鑿鑿的史實，驀然錯失在虛擬的時空。普魯斯特的《斯萬之戀》，封面又像言情小說，這章節曾經被伏加．舒倫杜夫搬上銀幕，深藍的背景下，飾演斯萬的謝洛美．艾朗斯執着情婦奧黛特的手，意圖接吻，《斯萬之戀》是《追憶逝水年華》的第二卷，希望拋磚引玉，讀者被斯萬複雜的情態吸引，想到一窺全豹。四本袋裝書令我三心兩意，索性把它們都提攜到小小圖書屋，然而四本名著混雜在眾多暢銷小說之間，並不搶眼，暢銷小說一本本被人取走，名著依然冷落淒涼，最令我不快，是《諾頓短篇小說選讀》失蹤數日，忽然回歸本位，以後就落寞地躺平在名著旁邊，與暢銷小說為伍，相信讀者真的把它當磚頭看待，感覺難以下嚥，無人問津的書本，就像飄在空氣中的浮屍。我一動氣，把《諾頓短篇小說選讀》和四本名著都帶回家，有好一陣子我散步，懶得取道小小圖書屋。

百無聊賴坐在睡房，床對開空着的位置，本來擺放一張梳妝枱，我靠着床頭看書，偶然把視線抽離，可以看見一張臉湊過去，臉上盡是光閃閃的卸裝油，兩隻手輕輕按摩，一步還一步，爽膚露傾進化妝棉裏，把臉當鏡般拭淨，眼霜淡淡點到眼的圓周，精華滋養液灑到整張臉後，再用手按摩，讓清潔後的毛孔吸收，肌膚再塗上晚霜保濕，過程耗費大半小時，倘若再敷面膜，需時更多，妻卻樂此不疲，每晚就像信徒默禱，虔誠把臉供奉，過後雙眼明媚似盈盈秋水，鼻像新築的小橋，離嘴唇不遠，還有兩個淺淺的梨渦，臉屬於身體的一部分，果然是蓬萊仙境。然而當她一屁股跳彈到床褥上，與我並肩，隨手撿來床頭櫃一本喧嘩的雜誌翻閱，我嗅不到一點人氣，有時懷疑她的腦袋可是塞滿禾稈草。

妻以前不是這樣的，記得我們初在電影節相識，我憑着記者證，可以在場地自由出入，當時妻在電影節當義工，因為共同喜歡大師級的電影，無意間傾談起來，一晚剛重映杜魯福的《祖與占》，散場出來，她剛巧收工，兩人步行到咖啡廳繼續交談，她大學剛畢業，體內還有革命的火花霹靂，思維像熙來攘往的車輛，分析起劇情卻又能夠抽絲剝繭，波希米亞的靈氣圍繞着她旋轉，可能因為她喜愛新浪潮電影，青春特別顯眼。我們從咖啡廳、戲院、餐廳傾談到教堂，以為是天生的一對，然而結婚後風景再不一樣，什麼時候開始，妻迷上吃喝玩樂，手頭盡是大包小包的零食，犧牲了以前的窈窕身段，純真變成一眼見底的天真，卻偏要穿得大紅大綠，衣裙噴發玫瑰的濃艷氣息，妻變成一張沾染塵埃的傢具，卻又懶得拭抹，偶然舉頭看牆上的彩色結婚照，經過歲月磨損，已經粉褪脂零。現在我要是想和妻談論一部電影，她的反應就是打呵欠。臨睡前她還和我一起閱讀，令人錯覺她體內還殘存一點文藝氣息，然而她看的不外是大小開本的緋聞週刊，偶然缺貨，她便迷頭迷腦看一本禾林出版公司的言情小說，封面有衣不蔽體的男女。有一晚我終於按捺不住，遞給她《斯萬之戀》，即管引誘，說裏面充滿上流社會的醜聞，她不太熱心地接過來翻了兩頁，埋怨普魯斯特的文句迂迴曲折，看不入腦，物歸原主。另一晚我埋首用手提電腦趕寫一篇訪問稿，妻翻出新一期的緋聞週刊，像服了興奮劑般細數社會名流與新進女星的爺孫戀、賭業大亨太太情婦都懷孕，算是雙喜臨門還是各懷鬼胎？武打巨星的兒子藏毒、饒舌女歌手被網友威脅公開不雅錄影帶……我想集中精神，妻卻在旁絮絮不休，靈感都給她驅走了，我喝令噤聲，她不甘示弱，反唇相譏，我索性破口大罵，嘴像裝滿子彈的機關槍向她掃射，想積聚在我內心的輕蔑已有多年，從杜魯福到狗仔隊，我只看到淪落，絕不容情向她剖白，妻再沒有作聲，先是哭泣，然後收拾枕頭毛毯，溜進客房躲避，下一天她便默默捲好鋪蓋離去，只用肥皂壓着一張字條，上書：「想不到我在你心中連洗面梘也不如。」她再沒有和我接觸，由妻變成前妻，也是律師一手包辦。

相隔半年，〈你的身體是蓬萊仙境〉的賈維絲，又在同一雜誌發表了〈破碎的感覺官能〉，從手到鼻，關心的始終是人在疫情期間的感受。她筆下那些鼻覺靈敏的人，神乎其技，不就是我一位舊同事的寫照嗎？雜誌社分配她當我做訪問時的攝影師，初在餐廳相見，她握過我的手，嗅嗅自己的手指，開始分析我的性格，倒也頭頭是道。侍應端來紅酒，我正要沾唇，酒卻過不了她鼻的一關，說紅色的液體染血，曾經淹死一隻果蠅，把部長喚來，果然不能否認。其後她與我走過人家的住宅，她可以分辨到這扇門扉散發燒烤的肉香，那扇洩露爆米花的秘密，把別人剛脫下的T恤放到鼻翼，立刻接收到穿衣人的免疫功能。下雨天和修葺過的草地，都為她傳送特異的氣息。有一次與她同去出差，她從我身上蒸發的冷汗味，看穿我心情緊張，來到郊野的小徑，她蹲下身來，鑒別過路人的體臭，簡直可以與獵犬平分春色。她是獲得神寵幸的女兒，嗅覺天生成一種異能，我即管戲稱她作「女巫」。

我鼻塞，感覺官能接近可有可無的地步，難得賈維絲為我持平，引證數名哲學家的意見稍作安慰。康德就說嗅覺不知感激，隨時可像廢紙丟棄。在感官世界裏，海德格把味覺也拖下水，與嗅覺同樣乏善可陳，而且猥瑣。笛卡兒甚至武斷地認為視覺才最珍貴。對於這些高見，我都舉手贊成，如果要我在臉書與嗅覺之間取捨，我寧願放棄鼻功能。

大言不慚說自己擁抱先進科技，對於電腦始終是門外漢，藍屏死機就令我一籌莫展。那天剛好「女巫」來我家，討論用哪幾張照片配合訪問內容，她猜測同一動態鏈接庫的幾個版本，可能做成不兼容，提議我重新安裝操作系統，事前卻提醒我先用USB插頭的快閃記憶體，把電腦軟件和數據複製，藍屏死機果然復活過來，「女巫」的魔術並不限於嗅覺。自從離婚之後，我已經很少在家煮食，邀請「女巫」到附近的餐廳進膳算是酬謝，「女巫」知道我家沒有儲備新鮮蔬果肉食，以後來訪，總帶來餸菜為我烹飪，還自告奮勇充當鐘點女傭，為我執拾凌亂的地方，我投桃報李，買來鮮花巧克力慰勞，「女巫」接過了喜不自勝，然而我實在沒有其他雜念，「女巫」擁有異能，又不屬於文學的範疇，總令我惶惑，她賴着不肯離去，我索性躲進了家裏的辦公室。

新冠狀病毒肆虐，「女巫」首當其衝，她初發覺自己得病，也不用檢疫包測試，鼻功能盡失，已經知道自己的抗體素呈陽性，嗅覺本來像神仙棒，容許「女巫」點紅點綠，一旦失去魔法，再找不到伴隨而來的幽默感。「女巫」再沒有來，我也樂得清淨，與她用即時通訊聯絡。有一段時期「女巫」意志消沉，經歷後創傷期的痛楚與迷亂，感到孤立無援，與全世界隔離。除了傳送幾句鼓勵的話語，我也不知道怎樣安慰她。「女巫」屬於第一批病人，當時還未發明疫苗可以接種，沒有賠上性命，已經是不幸中的大幸。然後有一天，「女巫」傳來喜訊，說嗅覺逐漸恢復，卻是一場空歡喜，嗅覺竟變了形，花生散發蝦的氣息，火腿似牛油，飯像能多益。最要命的是，本來香噴噴的食物，併發出煤油味和煙草味，沐浴露聞上來像燒過的橡膠，糞便比咖啡更芳香，本來鼻孔把氣味的資料運送大腦，再由大腦分析，過程中卻出了亂子，釀成嗅覺倒錯。

別說賈維絲危言聳聽，失去嗅覺，可以是精神病的早期先兆，糊里糊塗我們就會邁向阿茲海默症、柏金遜症以至精神分裂的危險地帶。賈維絲更強調嗅覺與免疫系統息息相關，對環境的化合物產生感應，可以偵察到多發性硬化症、風濕關節炎、狼瘡、多次流產的病源。賈維絲比喻得好，基因與荷爾蒙之間不同的聯繫，就像馬賽因圖案，還欠缺一塊石磚，等待伊底帕斯的答案。現時一些兒科醫生索性用鼻當聽筒，根據嬰兒幼童的汗味，診斷他們是否健康。然而，提起視覺，我們還可以用色彩來形容，嗅覺這樣抽象，真是束手無策，賈維絲再次引用康德：「嗅覺不容許自己被形容，只可以與另一感覺官能比較異同。」賈維絲更指出，同一嗅覺，兩人體驗不同，一個人感覺雲呢拿香，另一人可能認定是臭襪味。就算同一個人，身歷不同時段比如肚餓、懷孕、酒醒都可以引出不同嗅覺。嗅覺又與文化背景有關，看慣檸檬與洗衣粉的廣告，一嗅到檸檬味便會覺得清潔。嗅覺有如萬花筒，千變萬化，我們面對多種氣味，無以名狀。

為了挽救自己的嗅覺，「女巫」加入了臉書一個互助協會，重新為嗅覺釐定一些詞匯，既然試酒也可以用眾多字彙形容，他們着意拼湊嗅覺地圖，目前已經鑒別到很多氣味，隨便數數就有燒焦味、洋蔥味、煙草味、鮮花味、尿餲味、金屬味、腐爛味、化合藥品味、醋味、酸味……她問我想不想學習識別，並且提出警告，說沒有嗅覺的生活其實充滿危機，菜肴燒焦也不自知，可以導致食物中毒，家裏漏煤氣不醒覺，又容易引致火警。我自覺無藥可救，敬謝不敏，「女巫」無言，忽然傳來訊息，說自己行將出閣，未來夫婿也是從互助協會認識，我連忙恭賀，「女巫」的回覆卻是一個繪文字的苦笑。「女巫」沈默了一段時日，我又接到她的即時通訊，沒有附言，只有幾句：「渴望與你同享晚餐的香味、新生兒的體香、並肩漫步森林探索燒焦樹葉的氣息、瓶裏的香水、溝渠、醫院、聖誕樹、海灘都有獨特的氣息，還有至愛的冷汗味。」短句裏的「你」是「我」還是「他」？再三誦讀，只覺迷惘，再翻看前些時「女巫」傳給我的繪文字，苦笑的嘴角混和着晦澀與嘲弄，過了幾天，聽同事說，「女巫」已經辭職，隨夫婿遷到另一國度，如釋重負之後，心底又湧起一股淡淡的錯失，隱隱感覺自己衰老。我沒有嗅覺，對事情毫不敏感，在情感路上又摔了一交。

看別人的文章只為參考，乘機儲備彈藥，蟄居在家的這幾個月，我其實也沒有虛渡光陰，蒐集得來的資料像古舊紡紗機的棉線，我踏着腳板，用梭子在上面爬梳，只是速度緩慢。編織的是辦公室空間的演進，從默片《鴉群彩鳳》到有聲電影《桃色公寓》、《妙想天開》、

《飛越未來》、《辦公室一條蟲》吸取養份，又翻閱書本《一個人打保齡球》、《立方體化：工作區秘史》，加上調查報告，報章雜誌文章，我已經胸有成竹，初稿寄存在雲端線上儲存庫，就等幾時翻出來整理妥當。上世紀二十年代的辦公室把體育館的空間切割成豆腐小方塊，職員的私人空間就是丁方三尺的寫字桌，在眾目睽睽的狀態下揮汗，這個模式發展到六十年代，辦公室依然是白領工廠。八十年代上司學會用玻璃把自己的辦公室圍成幕牆，遙遠監視眾小嘍囉的一舉一動，星星月亮太陽都是天花板慘白的熒光燈，小職員在胼手胝足的範圍操作，就像沈船後的水手，擱淺在突露於怒海上的岩礁。到了九十年代，白領工廠逐漸被立方體農場取代，依然講究同一鼻孔出氣，一個個傻瓜倒有三面圍牆的間隔小室保證私隱，苦中作樂，躲在裏面可以向心上人求愛，或者夢想自己榮升到辦公室，門上的金漆招牌刻有自己的名字。然後互聯網興起，接踵而來還有神交的電郵、即時通訊和網路聊天室，公用的計算表軟件和 google 文檔，在空氣中見面的視頻對話和互動電子白板，小室的牆壁逐漸還從六十五吋縮成三十六吋，辦公室的間隔就隨着柏林圍牆倒塌，回復肩並肩的寫字桌，想要私人空間，惟有居家就業。疫情之前，一些行業，尤其是科技行業，已經達成心願，事情沒有十全十美，不久居家就業的職員又抱怨家裏的孩子太吵，寵物跟出跟入不勝其煩，長久在視頻上開會，逐漸也覺得心力交瘁，上司亦覺得沒有面對面的交流，很難順利把新僱員融入公司文化。展望後疫情的未來，是每星期三天居家就業，兩天返回寫字樓。職員流散，大公司又想到在辦公場地設備滑板斜坡，唱片騎師負責打碟，兼有遊戲室比如桌球和乒乓球桌、音樂室、咖啡廳、洗衣房、小睡室和健身房，辦公室有如家以外的家，試圖挽留年輕精英。

疫情告急，次年三月，我功未成身先退，蒐集資料也是窩在家中，既然可以透過視頻，與辦公室設計公司的行政總裁對話，為什麼要面對面冒生命危險？經常出席設計師與工程師的視頻會議，倒令我疲憊，關上電腦，我像逃難般離家散步，算是為自己充電，無意間發現了小小圖書屋，真像打開另一隻眼睛。八月初，我倒親身參觀了一家新設計的辦公室空間，儘管疫情肆虐，依然有一批死硬派，每日身體力行，忠心為一個品牌賣命。因應他們的需要，職員沒有固定的辦公桌，講求先到先得，一如四海的準繩，只有頭目可以分派到自己喜歡的角落，個人物件可以存放在小櫥櫃，一日過後職員遺留下來的雜物，放到「丟人現眼桌」上供人認領，辦公室宣揚的宗旨始終是「合作和碰撞」。兩層樓包庇一個非法售酒處，隱藏在樓梯間還有一個意式咖啡吧，設計師暱稱為「花花公子俱樂部」，在一人陪同下，我從新人報到的房間，漫步到「花花公子俱樂部」，全場空無一人，咖啡吧的C型雲石桌，白得誘人，我們眼看手勿動，誰知道吧枱調較的可是新冠狀病毒雞尾酒？天堂的架構，提供的可能是地獄的內容。還是躲在家裏看視頻傳送的設計最實際，十月底，設計師用她的鼠標作旗幟，帶領我們在電腦熒幕參觀「更衣室」，在公共的食品儲藏室，所有設施都不經人手，身為人母的特別得到眷顧，一般健康室主要讓她們祈禱和減壓，來到公共工作區，只有二十四個工作站，個人不可以獨佔花魁，但可以預訂作一日用途，寫字桌排列成風車狀，推廣輪流轉的概念。電腦桌面之間的屏障，表態支持私隱。辦公室空間還有探熱站、病人隔離區、強制洗手盤、小櫥櫃存放外面帶來的衣物、新丁訓練營。在大機構文化，私隱到底佔一席位，在這裏喚作「黃包車」——一個私人工作區。

太陽照到餐廳的遮篷，通常下面擺着一條人龍，等待的食客不是像麻雀般吱吱喳喳地交談，就是俯首向智能手機稱臣，要是不能入座，也喜孜孜地外賣一個飯盒，坐到大廈外的石階或是彎背長椅大快朵頤。聖誕節前的星期一，午間的饗宴只擺放一圍空席，惟有路旁的大樹慇懃地招手，也只是提醒我風勢強勁。建築地盤依然傳來打樁聲，疫情期間，銷情慘淡，惟有高樓大廈像雨後春筍，一幢剛竄起，另一幢又接棒，建築行業有如一艘負載過重的油輪，分明看見彼岸，依然盲目向前航。推開雜誌社樓下的大門，與保安人員相對悽然，隔着口罩互相打招呼，例行的對答，保證這天自己沒有發燒咳嗽，近日沒有遠遊，在掌上噴兩滴淨手液，就可以放行。電梯口也沒有人流密集，立在一旁的聖誕樹，依然修飾得珠光寶氣，不知亮麗給誰看？抵達二十三樓，往年透過玻璃門，已經看到同事互相抛擲彩紙，擎着雞尾酒杯唱聖誕歌，這年的聯歡會早已在網上舉行，微醺的同事湊近電腦熒幕，我可以清楚看到他們面上的雀斑和粉刺，忽然感到一陣噁心。推開大門，扭亮電燈總開關，招呼我的是三月疏散前留在牆上的便利貼，紙角皺縮似學舌的鸚鵡，傳遞的卻是過時的訊息，氣氛有點肅殺。我依循新設計的單向指示牌，來到自己的寫字桌開啟電腦，以為沒有人騷擾，文思奔放，可以繼續修飾辦公室空間的文章，我始終感到環境悽清，辦公地方就是需要人聲和電話聲填塞，兩種聲音都被抽掉，剩下的只是一個沒有靈魂的軀殼。門又咿呀，編輯進來，示意我追隨他進辦公室，這天就是他預先打電話約我到來的，我乘機關上電腦，編輯及時把我打救。

「我在雲端看過你那篇關於辦公室空間的報告，立場倒也中肯，請你潤飾一下，我們再查核事實，文章就可以發佈。你還有什麼寫作計劃嗎？啊！小小圖書屋？倒是個有趣的主意，但你不用急着寫，今天專誠約你來，其實有一件事想與你商議，你留意到我們的雜誌開闢了一個名喚『倫理學的思辯』的專欄嗎？讀者有難題，便寫信來請教。不！不！不是寂寞的心小姐之類的信箱，執筆的是一位大學哲學系教授，對讀者遇到的困惑，能夠從倫理道德的角度排解，我提到道德，你可不要響警鐘，以為與八股並列，我想說的是古希臘的倫常綱紀，對我們日常生活的判斷，試圖從邏輯的範疇觀照，思索倘若採取行動，會在道義上做成怎樣的對錯，公正與不公正，從更廣義的意識，倫理反映人與大自然，以及其他人的互動，強調的是自由、責任和正義，沒有喧賓奪主的性，沒有一毛錢三打的愛心……。我說遠了，哪！我將要向你說的請保密，這就是我不用電郵與你交流，約你面談的原因。剛接到教授的通知，他不幸染上新冠狀病毒，暫時不能繼續處理專欄，我們當然希望他早占勿藥，然而他已經一大把年紀，也打算退休，希望後繼有人。我與總編及副編開過緊急視頻會議，一致同意最佳的接班人是你。為什麼選中你？我知道我知道，你寫的報導與哲學無關，與倫理道德風馬牛不相及，只是平時與你交談，深知你的品味，有一次聽你拿康有為的大同及譚嗣同的以太，與笛卡兒的二元論及斯賓諾沙的泛神論作比較，頗有見地，而且你的文稿深思熟慮，也流露書卷氣，是最適合替補教授的人選，當然我們不是利用你來捉刀，要是你接納，專欄會改用你的名字，當然也有一個可能，教授的健康情況轉佳，或者會想到重返專欄，我們可得要物歸原主。你熟悉教授的風格嗎？有空不妨翻閱以往的期刊，網上應該也有很多篇。你不用立刻給我答覆，過了年也可以，接納與否，請勿向外界洩露，我們三人的推薦，就當是今年送給你的禮物，聖誕快樂！」

編輯與我實習社交距離，已經分隔在闊辦公桌的兩端，依然各把坐椅撐開，離得更遠。我還是清楚看到編輯的臉，一張我不熟悉的臉，耳朵承接的口罩像一塊黑板，給人用粉刷抹去了鼻與口的位置，突顯一雙鷹眼，想探射燈掃過來，我有點畏縮，他看到的我，我並不為意，希望不會令他失望。送編輯到電梯口，兩人不能像以往般，帶點親暱並排行走，只能一前一後，地面鋪的是硬地毯，這時踩在我的腳下只覺得軟綿綿，彷彿置身雲端，編輯說盡正經話，再沒有什麼好交待，電梯門關上的一刻，只提醒我：「別忘記關燈。」回轉自己的寫字桌，我重新開啟電腦，然而想要埋頭苦幹不過是自欺欺人，我的心思不在寫作，坐到椅子還要退後，雙腿伸直，擱到寫字桌的邊緣，荷里活電影的編輯都是這樣坐的，現實生活裏，我倒不記得編輯擺過這個姿勢。這時候其實我更想跳舞，趁着四下無人，我索性跳彈起來，擺動身軀，捻碰中指和拇指打榧子。窗外忽然傳來一陣喧嘩，這個死寂的疫區，怎會無端擾攘？我湊近窗前，居高臨下，群眾把一個人圍成核心，從人叢中抽身出來的，都喜孜孜地捧着一本簽了名的書，一輛馬車駛來，群眾散去，露出中心人物，穿着高領金色花紋的禮服，羚羊皮的長褲，腰上掛着劍，從裝飾在帽子的羽毛，看出是個五品官，然而，那並不是一個人，而是一個鼻子，果戈里的《鼻子》，從八品官柯瓦留夫的臉龐溜下來，我心中一凜，不自覺摸摸自己的臉，透過口罩，我觸摸到鼻的輪廓，不禁舒一口氣，然而十九世紀中葉俄國的一齣喜鬧劇，為什麼會在「大蘋果」搬演？我若有所悟，街衢已經回復沈寂，這一刻我只想回家，連忙熄滅電腦，老實說我的皮鞋並沒有沾泥，只是關燈之前，我不忘從褲袋裏掏出紙巾，謙卑地抹去剛才遺留在桌沿的狂莽。

大學教授讓我體認到倫理學的精髓，一種哲學總有眾多理論，比方「結果論」只關心行為最終引致的影響力，大學教授提議的卻是德性倫理學，中國的孔子、古希臘的柏拉圖和亞里斯多德、古羅馬的斯多亞學派都極力推崇。聽見人家說令人反感的道德觀，如果我們保持緘默，只違背了自己根深蒂固的信念，甘願在道德行為上承認自己怯懦，儘管表態後，通常於事無補，起碼堅持自己的立場。面對政治的偏執狂、宗教的衛道士、拿種族歧視當笑話說的小丑，都可以等量齊觀。頑固就算是他們的天性，無論他們怎樣為自己辯護，我們與他們又有深厚交情，大學教授在他的專欄裏，依然贊成我們敲響暮鼓晨鐘。大學教授又指出，從倫理學的觀點，犯罪與懺悔是兩回事，個人沈迷於性騷擾，不是幾句勸戒的話，就可以令他回心轉意。一方面有錯失，並不一定在另一方面矯正過來就得到補償，助人一臂之力並不表示你就獲得偷竊的通行證。偷聽別人私語固然不道德，背着友人對她的健康狀況評頭品足，同樣扯起倫理學的紅旗。面對電腦熒幕，我翻閱一篇又一篇的答客問，只感到誠惶誠恐，執着滑鼠的手直冒汗，幾乎想打退堂鼓。然而，元旦我打電話向編輯拜年，又同意接受挑戰，就像一隻春情的貓，既怕狂暴又想親近。新年伊始，我的大計就是鑽研倫理學作為補課。四十年來寒窗苦讀，三千里地書林浩瀚，書架層疊可連霄漢，各家學說卻似煙羅，幾曾參透人間知識？這就是生命的豐盛。

「新年快樂！」手提電腦旁邊的手提電話遽然響起，恭賀詞莽撞地闖進我的耳鼓，我正痴迷地看大學教授的妙筆，暈暈忽忽，深沉的聲音與編輯這樣相似，他竟喚我作大哥。

「彼此彼此，好嗎？」我不太熱心回應，時常給弟弟冷落，懷恨在心。

「還不是那模樣，自從疫情教我們措手不及，車行門市暫時關閉，我失了業，不是上網作比特幣買賣，就是看電視連續劇，喂！網飛倒有幾齣頗精彩，有沒有訂閱呢？」

「兩個侄兒還規矩嗎？」我聽得出他故作親暱，懶得與他打牙祭，弟弟實事求是，偶爾我發電郵向他問候，他也很少答覆，無事不登三寶殿，料他必有所求，提防着他又要打什麼壞主意，不意卻掉落他的陷阱。

「就是這兩隻嘩鬼最令我們頭痛，疫情迫令學校暫時停課，兩兄弟賦閒在家，關在同一間房，恍如兩隻困獸，每日兩人不大吵一頓，不能過日辰，我特別打電話請大哥幫忙。」弟弟終於駕船入港。

「你們遠在西岸，我屈居東岸，真是遠水救不了近火。」我戒備着。

「救得救得，你樓下的房間不是仍然空置嗎？反正凌霄暫時不用上學，不如讓我們遣送他到你家寄居，復課後再回來，過幾個月，凌雲要應付大學入學試，他希望可以集中精神溫習。」

「對不起！那可不行！雜誌社剛委派了我新的任務，我也希望集中精神，不想被凌霄分心。」我與編輯約法三章，倒沒有洩露機密。

「凌霄獃在樓下的房間，不會打擾你的，他平時也很沈默，十六歲了，做事也有分寸，終日就知道打機。」弟弟鼓動如簧之舌，試圖把二兒子當作門市部的汽車推銷，然而凌霄在家裏已經與哥哥狗咬狗骨，來到我家，山高皇帝遠，還怎會安份？弟弟其實是不打自招了，結果他費盡唇舌，也沒有令我改變主意。然而受不了他的疲勞轟炸，我終於稍為讓步：「待我再考慮一下，過兩天給你答覆。」

繼續瀏覽大學教授的專欄，我向自己挑戰，出了一個難題，如果弟弟寫信到雜誌社投訴，可以這樣寫：

「二十五年前，父母親與我們兩兄弟從香港移民到美國東岸，在炮台公園城置了物業，長大後我獨自遷到美國西岸發展，組織了自己的家庭，大哥照顧父母親，一直和他們同住，父母親先後百年歸老，兩層樓的物業改到我們名下，二樓歸大哥，樓下歸我，我在西岸有正當職業，除了偶然攜妻兒過來渡假，很少回家，對東岸的物業，暫時我也不想計較，我有意把幼子暫時送到東岸家寄宿，卻遭到大哥反對，如果我採取法律行動，是否不念兄弟之情？——佚名」

從倫理學的角度，我應該怎樣作答呢？不是我害怕和弟弟打官司，而是突然覺得這些年來，欠了他一個人情，我沒有打電話過去，只用電郵答覆弟弟，看不看由他：「幾時凌霄坐飛機來，請告知，我會到機場接他。」

不到一星期，凌霄已經出現在甘迺狄國際機場，彷彿我在互聯網線上訂購的一件貨，零售商恐防我臨時改變主意，急匆匆用速遞的方式送過來。凌霄倒不像貨物，更似機械人，倚着一根圓柱站立，頭低垂，兩隻拇指忙碌地按動手機上的圖標，想是玩手遊，身穿附兜帽的衛生衣，外加黑色羽絨，黑垮褲下是黑球鞋，頭髮也用黑軟帽壓着，只露出額前一綹劉海，臉上的黑口罩，令黑眼珠更黑，散發一股晦氣，全身黑色似乎只為突顯髮鬢下一雙金耳環，在陰暗的燈光照耀下，依然閃閃生輝。聽說左耳戴環暗示自己的同志身份，凌霄在右耳再戴一隻配對，只表明自己是中性。父權社會的大男人往往強調自己的男性，堅挺一如槍桿子，誰不知很多雄糾糾的男子漢，只是外強中乾，或是追趕潮流，或是其他因素，凌霄遊走於陽剛與陰柔之間，只顯得他坦率。凌霄的性取向與我無關，離婚後我沒有再娶，有人也開始懷疑我的性取向，我一笑置之。頗為有趣的是，凌霄的腰包、背囊、手推行李都是黑色，心中只有清一色。「這就是你全部的行當？」我詫異地問，凌霄應了一聲，「東岸可不比西岸暖和啊！」他也只是聳聳肩，除了招呼我一聲伯伯，不肯多言，惜默如金。上了車後，斜倚前座，不一會便睡着，更無言語。駕車時我的手機忽然響起，我停到路旁接聽，是弟弟打來，我把手機遞給凌霄，趁機把他喚醒。「我們不是囑咐過你，一抵埗便打電話過來，怎麼無聲無息？」弟弟提高聲線，隔着一段距離我也收聽到。「又沒有發生意外，沒有什麼值得報告。」凌霄懶洋洋地說。「孺子不可教，等一等，你媽咪要和你說兩句。」弟婦的聲音溫婉，以後我再聽不見兩母子的對話，專心駕駛。收線後凌霄說一句：「謝謝伯伯！」把手機歸還，又步履匆匆回到夢鄉。

「這間房都屬於我？」夢遊之外，凌霄似乎又有另一幅臉孔。從車房出來，經過電視房，就是父母親以前的睡房，一張大床之外，只有低矮的床頭櫃和高身的五格抽屜櫃，床角對過是入牆衣櫃，空空洞洞無甚可觀，凌霄卻很雀躍，想每次他隨家人到來入住，弟婦弟弟霸佔睡房，兩兄弟睡到客廳，很多時候鬥不過兄長，他還不能躺在沙發，鑽進睡袋屈居地板，突然擁有自己的小天地，附送私人浴間，難怪他眼前一亮，從昏睡中醒轉，一屁股坐到床褥上，用手輕拍，幾乎想脫去球鞋，站到床上跳彈。

素來我有一個惡習，每次逛書店，總不肯空手而出，大袋小袋的書本挽回家，樓上工作室的書架已經爆滿，新買的書無處容身，我又在樓下的客廳添置書架，凌霄探頭探腦，我趁機問他可喜歡閱讀，他如避鬼魅般抽身而出，我就知道讀書並不是每個人愛吃的糕餅，漸漸學習不要勉強。

「這裏人丁單薄，除了每星期三有清潔工人到來打掃，就只有我一個人，你到來，也只是多一雙球鞋在屋裏走動。」我幾乎要為自己單身道歉，凌霄再聳聳肩，不置可否。「每兩星期我會到超級市場添置口糧，也只在家裏吃早餐，中午和晚上，我都在外面的餐廳用膳，沒有在家裏煮食，疫情之後，更經常叫外賣，希望你不介意。」流水帳的報告再引不起凌霄的興趣，從羽絨袋掏出手機，參予另一場戰爭。這天我要到機場接他，浪費了好幾個鐘頭，趁機告退，趕回工作室急起直追。

與凌霄在餐廳吃過晚飯，到超級市場買口糧，凌霄推來一輛購物車問我：「可以買我喜歡吃的東西嗎？」我頷首，他便推着購物車離去，推回來滿載的食物，蔬果之外，更有豬排、雞腿、三文魚和多種調味品。「早餐你吃這麼多肉嗎？」我皺眉頭。「當然不是，這幾個月在家無聊，媽咪教我燒了幾味菜，想請你做裁判。」這又是另一個意外，下一個晚上，凌霄果然大顯身手，平時他一身黑，炒菜時卻穿了一件白色的衛生衣，少年的心理真教人難以捉摸，凌霄的廚藝果然不錯，稱呼他作大廚師未免過譽，家裏無端得來一個小伙頭。

家居附近的物事，一個早晨成為凌霄與我的話題，從二樓客廳側面的窗望過去，穿過羊腸的行人徑，從山底的樓梯攀上來，都可以見到，小屋形狀架在木柱，側面的油漆白得耀眼，投影到旁邊的樹籬上，疫情期間，路人不多，偶然一人駐足，也不過是點燃一根煙。「是郵箱嗎？」凌霄問，只是這一帶都有指定的社區信箱。「會不會是雀巢？」凌霄開玩笑，雀鳥會做木工，倒是一個不錯的童話故事。靈機一動，會不會是另一間小小圖書屋？反正離家不遠，我們決定過去探視，果然沒有給我猜錯。

凌霄從未見過小小圖書屋，儘管與書無緣，依然透過玻璃東張西望，我索性叩響小門窗，抽出一本翻閱，又摸摸另一本的書脊，小小圖書屋恍似我的玩具，凌霄微笑旁觀，倒像是我的伯伯。門開處，走出一對白人父女，父親與我年齡相若，女兒頂多十三、四歲，金髮捲曲，染成紅黃紫綠，像美杜莎頭上蠕動的小蛇，差點沒把我變成石頭。「前幾天我們才安裝妥當，這麼快便招來稀客，歡迎！歡迎！覺得怎麼樣呢？」父親一臉友善。「很是別致，好像一間心居。」料不到凌霄竟吐出這樣文縐縐的話語，我禁不住拍一拍他的肩膀，一句話引發我的靈感，也說：「心居落成誌喜。」「好句！好句！讓我好好牢記。」父親豎起大拇指。我叨了祖師奶奶的光，有點不好意思：「張愛玲在〈紅玫瑰白玫瑰〉的對白。」「張愛玲？」父親一臉茫然，「是四十年代上海一位小說家，她很多短篇都有英譯本。」我為自己打圓場。「你似乎也是愛書的人，覺得這裏的藏書怎樣呢？」「讓我看看：莫札特音樂筆記、舒伯特與貝多芬的比較研究、論舒曼，還有連納柯翰的傳記，非小說類不錯，只是，為什麼有這麼多禾林愛情小說系列呢？」一看見書我便忘形，有點老實不客氣。「你倒要問一問小女。」父親用手肘碰撞旁邊的女兒，她羞赧地一笑。「我名叫 Laurence。」凌霄脫去口罩，自我介紹。「小女名叫 Vivian，我們卻不姓 Leigh。」女兒啐了父親一口，轉身隱到門後。

正要離去，雨卻留難我們，大滴大滴地衝下來，像恐怖分子的自殺式襲擊，就算粉身碎骨也要完成使命，世事偏是這樣難以逆料，出門時還是陽光普照，剎那間便戰雲密佈，凌霄與我乘興而來，都沒有攜帶雨具，凌霄還可以翻起衛生衣的兜帽，我卻不能瑟縮進風衣裏，衣衫逐漸被豪雨打濕，很是狼狽，「進來避一避吧！」父親改換屋主人的角色，我們也就不客氣，走進他用灰泥和瓷磚搭建的屋脊。

一進客廳，最矚目是拱形天花板下四個鍍金的英文字：「若不親吻就要殺戮」（It's kiss or kill），是美國藝術家奈蘭・布萊克（Nayland Blake）的格言。紅藍碎花的波斯地毯上，擺放維多利亞風的坐椅，淺棕色，流暢的曲線和簇絨的面料，教人不敢褻玩，屋主人卻大方地邀請我們坐落，把自己安置在旁邊的貴妃椅，為我們朗讀對開一張棗紅色花崗石長凳的銘刻：「親身體驗社交，可以促進愉悅的人際關係，對撫摸的渴望與依賴，保證反覆得到摟抱而又願意回報。」（Hands-on socialization promotes happy interpersonal relations. The desire for and the dependence upon fondling ensure repeated attempts to obtain caresses and the willingness to reciprocate），是新觀念藝術家珍妮·霍爾澤（Jenny Holzer）的金句，屋主人是坐言起行了，傾談之間，得知屋主人是室內設計師。虎父無犬子，女孩本來穿着衛生衣牛仔褲，這時換過碎點荷葉袖連衣裙，坐到鋼琴前，用悠揚樂韻為屋主人的話語伴奏。白色的瓷像擱在她腳旁，看清楚卻是一頭波斯貓。

「和爹地媽咪旅行時，經過咖啡店和酒店的大堂，我曾經見證圖書交換，『拿走一本，放下一本』，大家心照，這樣的小小圖書屋，倒是大開眼界，你怎會想到做發起人呢？」原來凌霄也可以很健談。

「我可不是創始人，只不過想把慈善家卡內基的理念發揚光大，卻是我國威斯康辛州的泰德波爾再推前一步，十多年前，為了紀念亡母，他用原木打造了一個鄉村小校舍的模型，母親生前執教鞭，又喜歡閱讀，波爾先生便在模型裏放滿舊書，擺到前門的標柱，想不到大受鄰居和親友歡迎。」屋主人細訴小小圖書屋的故事，我的心輕柔地盪漾，美麗未必是一種姿勢，原來可以用行動表示。

「疫情期間，無事可做，很多人家都築起小小圖書屋，投入全國性的圖書分享網絡。」屋主人說時，凌霄和我都露出讚嘆的神情。「可惜不是人同此心。」屋主人嘆一口氣，從書櫃裏抽出一個文件夾，給我們看一些剪報，最令我心悸是兩張彩照，一張見證小小圖書屋被燒成一個深藍色的空殼，像一盞自焚的燈。另一張，紅的藍的圖書四散草地，與落葉為伍。文字記載，維珍尼亞洲雅靈頓市一對夫婦，午夜被輕微的爆炸聲吵醒，望出窗外，小小圖書屋浴在火光熊熊，用救火筒撲滅，小小圖書屋再不能肩負火鳳凰的重擔，一任圖書下墮。「誰會作出這種暴行呢？」我憤憤不平。「調查結果，說是兩個年齡與他相若的少年。」屋主人用下顎指一指凌霄。「他們為什麼要這樣做呢？」凌霄不悅，彷彿嫌罪犯污染自己的名聲。「誰知道，這就是人性惡的一面，看見完美就想破壞，這還不是孤立的個案，明尼蘇達州、伊利諾州都有青少年犯事，聽說還遠至加拿大卑斯省的高貴林港。」我們黯然，惟有琴聲持續。凌霄忽然附耳問我，這段樂曲的名字，我認得是舒曼的《童年即景》，人心難測，只有流水行雲的樂韻，向我們保證生命依然美好。

以為疫情期間只可以在網上購書，下一天在家居附近卻發現一家獨立書店，說業主減租，成全他們開門營業的意願，匆匆買了《張愛玲短篇小說集》英譯本，拜託凌霄送過去，凌霄老大不情願：「你終日躲在工作室裏，我出去再回來，不知要站在門外喝多久西北風。」

我抱歉這些日子把凌霄當作囚徒，反正家裏多出一把鎖匙，通常留給弟弟到來渡假時使用，子代父職，我索性找出來交給凌霄。凌霄去後，我又有點後悔，最害怕禮尚往來的繁文縟節，果然不到一星期，屋主人便與女兒過訪，還回贈一瓶紅酒，我從樓下的杯櫃取來兩隻雕花玻璃酒杯，盛滿了與屋主人對飲，凌霄與慧雲還未成年，只好靠冰箱裏的果汁望梅止渴，屋主人與我碰杯，染紅的酒杯看在兩個少年人眼裏，彷彿誘人的禁果。凌霄引領慧雲上樓看我的古典音樂收藏，屋主人與我談得高興，忽然吐露慧雲的母親難產而死，這十多年來兩父女相依為命，他工作忙碌，想麻煩我這個鄰居多照應他的女兒，一根擔挑無端落到我的肩上，我感到有點不勝負荷，不置可否，託辭帶他到樓上參觀，沒有繼續話題。樓上凌霄與慧雲並沒有翻看我的鐳射唱片，各據沙發的一方，分享耳筒一對緩衝揚聲器，埋頭埋腦聽凌霄手機的串流歌曲，我趁機把屋主人交付凌霄手中，推說事忙，工作室就是我的龜殼。

一間屋可以稱為一個家，除了躺在睡床的舒適，穿着睡衣拖鞋隨意走的閒逸，廚房裏還須要添置抽油煙機的擾攘和躺在電爐上的沸騰，離婚之後，我沒有在屋裏烹飪，每天全靠外面的餐廳作食堂，屋裏清淨得像一間修道院。凌霄到來，自動請纓為我煮食，在炒菜的聲中，我又重拾家的溫暖，甚至開始嗅到陣陣肉香。我到底不想凌霄一星期七天都為我揮汗，於是和他約法三章，星期一到星期五容許他在家裏操作，週末就一定要到外面吃，讓他舒一口氣，凌霄也答應了。我又不忍他白白為我辛勞，一個月下來，我把數百美元盛載在信封裏遞給他。「爹地媽咪已經給我足夠的零用，我也不想有太多錢旁身。」凌霄把信封退還給我，推來推去，就是不肯接受，我只好放棄。「你若要添置衣服鞋襪，或是零星雜物，請揚聲。」我退而求其次，凌霄總算答應，我才心安。他似乎也不是一個社交活躍的人，終日躲在樓下，關上房門打機，偶然出外散步，起程前總上來敲響工作室的門，向我知會一聲，對於這樣一個行為檢點的少年，我實在沒有怨言，和弟弟通電話時，忍不住誇讚凌霄兩句。「凌霄這隻頑猴平時像孫悟空般狂野，你可以用唐三藏的法術收復他，是你的本事。」弟弟笑着說，想想我也沒有什麼法寶，以前年紀輕，和妻子主張節育，分手之後，我也沒有和其他女子發展親密關係，可以說完全沒有親子經驗，或者與下一代相處，主要給他們闊大的活動空間，注意尊重與體諒，兼夾一點緣分。凌霄來到東岸，完全沒有朋友，長日關在屋裏，也替他感覺委屈，一個下午，工作給我太多壓力，剎那間只想撇下不管，到外面散心，想找凌霄作伴。來到樓下，凌霄的房門卻緊閉，輕敲了兩下，沒有反應，想他正在午睡，就要抽身離去，門卻開出一道縫，凌霄探身出來，赤着腳，身上只有背心內褲。「怎麼穿得這樣少，當心着涼。」我關切地說。「屋裏不是有暖氣嗎？」凌霄睡眼惺忪。「要不要陪我出去走走，我可以帶你看另一間小小圖書屋。」「我今天有點疲倦，可不可以改天才去？請你自便。」我點點頭，關上大門，讓他清靜。

每星期我在雜誌專欄解答幾個疑難，每天收到的讀者來信又豈止兩三封，登陸雜誌社的電郵，我總感到一個又一個巨浪襲來。然而白紙黑字刊登出來，就是歷史的見證，挑選富代表性的幾封，我有點誠惶誠恐。一名讀者在醫院的行政部門工作，有機會優先接種疫苗，他卻問心有愧，自己居家就業少見人臉，對比那一批每天與公眾打照面的服務人員，用倫理學的方針，他質疑自己是否濫用職權。另一名讀者長年在家居附近一間餐廳用膳，最近發覺食客愈來愈漠視疫情守則，他自己戴上口罩搖旗吶喊，食客卻解除束縛熊抱親嘴，餐廳的從業人員永遠是奉迎的微笑，耐煩地看着一幕幕猴戲在眼前搬演，一個倫理學家會怎樣處理這場活劇？更有讀者的八十高齡父親，前幾年喪偶，疫情期間與世隔絕，惟一的良伴是一副智能板，每日向他灌輸極右派的言論，洗腦之後，父親言論激進，拒絕接種疫苗，讀者詢問，倘若刪除父親網上的戶口，讓他無法參予 YouTube 頻道的宗教節目，回復父親一點人氣，是否不人道？另有年邁的讀者有意僱用私家看護照顧針藥，因為朝夕相對，要是問清楚看護可有接種疫苗，似乎侵犯私隱，若果不問清楚，又恐防病毒跳彈床般從看護的嘴撲上他的臉，面對倫理道德，左右做人難。讀者的問題讓我們看到一線天堂的曙光，大部分時間我們依然身陷地獄。病毒變種又變種，有恃疫苗讀者無恐，關心的層面逐漸擴大。讀者會問：與自己政見相左的友人繼續結交，終日爭持會不會傷盡自己的元氣？再有疑問：姐姐與父母有創痛的經歷，甚至指證父親性侵犯幼年的自己，母親坐視不救，長大後拒絕與家族來往，父母相繼辭世，縱有悲涼都成過去，讀者不想親情了斷，打算直接與姐姐的子女聯絡，而不經過姐姐這一關，在倫理學上是否行得通？第三問題：好友是單親媽媽，一度環境拮据，讀者提供金錢資助，聲明不用回報，單親媽媽最近生活轉佳，堅持還債，倘若讀者拒絕接受，會不會傷害單親媽媽的自尊心？還有疑問：疫情期間又一讀者要在家裏透過視頻接受心理醫生的治療，她發覺兩名室友不止偷聽，還指責自己濫用她們的名字，也從倫理角度審視，她可否反唇相譏，控訴室友罔顧私隱？我自閉在家裏的工作室少見世面，只為編輯偶然傳來一句讚語沾沾自喜，不覺氣候由寒轉暑，幸得凌霄提醒，凌霄本來無心，疫情每一段日子對他都是春天，有一天他卻請求我為他添置一些短袖T恤，我親自陪他到提議的精品店選購，這一次他完全屏棄黑白，圖案印在似乎優質的布料上，染了各種色彩，衣服背後貼個象徵品牌的商標，叫價每件二百多美元，凌霄一口氣買了六件，幾乎有種視死如歸的感覺，然而我有言在先，眼看青少年不會精打細算，惋惜之餘惟有苦笑。

與清潔女傭娥姐的交接，只限於每星期她上樓打掃工作室時，我撿來一本書避到客廳，月底我準時交給她一張支票，兩不拖欠。這天她推着吸塵機進工作室，我正要避出去，她卻攔截我說：「先生，芝麻小事，本來不打算騷擾你，只是我實在摸不着頭腦，最近打掃侄少爺的房間，總發覺地毯上黏有貓狗的毛和五彩繽紛的髮絲，以為他散步時從外面沾染，然而上星期我卻從床底下掃出絲帶、短襪和內褲，彷彿樓下住着的不是侄少爺，而是另一個人。」娥姐還從圍裙的袋裏掏出證據，內褲是棉布質料，香艷的粉紅色分明屬於女性，當下我湧起邪念，難道凌霄有易服癖？下一天我和凌霄午膳時，我禁不住旁敲側擊：「你認識喜歡男扮女裝，或者女扮男裝的人嗎？」「在電影電視就見得多，現實生活倒沒有領教過，你為什麼這樣問呢？」我模仿他聳聳肩，也不知道怎樣繼續話題。回家後看電郵，接到一家出版公司的邀請信，有興趣把我為雜誌寫的一些有份量的訪問稿輯印成書，我要負責挑選修改，將來還要幫忙校對，機會難逢，我自然不肯婉拒，然而雜誌上的專欄依然寫得吃力，新差使只是百上加斤，更無時間料理生活上的瑣碎。

有一種吵鬧是我的禁忌，一聽見我就毛骨悚然，通常在下午三時半左右響起，剛放學的時刻，聲音來自六七個學生打扮的少年，男女混集，多不穿校服，改為自己用僅有的零用錢買來追趕潮流的衣飾。應該回家溫書做功課，他們卻逃避責任，或者無家可歸，最熱衷聚集在巴士站快餐店，甚至圖書館外，尖聲大叫自一個人的口出，其他人應和，像塗鴉般想要噴到前面的牆壁，聲音裏充滿幻想，期望魔法，總是自我中心，有消耗不盡的精力，夾雜着幽默感與油彩，倒又不是嘲弄、藐視，主要娛樂自己，有發洩後的滿足感。倘若我不幸遇上，總會繞道而行，避無可避，硬着頭皮經過，我會急步走，盡量和他們保持距離，惟恐他們的口涎，噴到我的身上，我知道他們沒有惡意，卻阻不了心中的困擾，預感不祥。疫情期間學校停課，我又居家就業，以為可以脫難，那天我從工作室出來，卻聽見同樣的吵鬧，而且發生在自己的屋裏，我心中一凜，即管下樓探究，電視房門大開，一群少年埋首玩〈Among Us〉，一款多人電子遊戲，一人攞來手提電腦，其餘的各持手機，簇擁他為王，大家七嘴八舌猜測誰是偽裝者，其中一個竟是凌霄，穿着我新買給他的一件紅色T恤，按着控制器瘋狂，看見我進來，凌霄手停口停，逐一介紹我認識他的新朋友，轉身我已經忘記他們的名字，只知道凌霄在路上邂逅他們，我提醒他們壓低聲浪以免驚動鄰居，剛說着已經有人按鈴，小小圖書屋的主人在門外揮手，卻不是投訴吵鬧，有更重要的事情商議：「知道你侄兒和小女的事嗎？」我把屋主人安置在樓下的客廳，他滿臉陰鬱地問，我完全摸不着頭腦。「Vivian有兩個月的身孕，經手人是Laurence。」屋主人悻悻然地說，加上一聲嘆息，我幾乎以為自己聽錯，凌霄的聲音從電視房傳出來，充滿稚氣，他還是一個不知天高地厚的孩子，為我做飯之外，怎麼學會做人？我猛然想起娥姐提過的毛髮、頭飾、短襪和比基尼內褲，拼湊起來竟是慧雲，生活為我撒網，我卻撈不起一尾魚。

慧雲與屋主人陪坐在貴妃椅，凌霄與我還是霸佔闊大的維多利亞風座椅，這次倒加入弟弟，我到底不是凌霄的合法監護人，不能自作主張。「再問一句，你們都不打算結婚吧？」屋主人首先打破沈默。凌霄與慧雲都緊張地搖頭，恐防跌落成人預設的陷阱，對於這兩個年輕人，男女關係只是另一個下載到手機的 app，遊戲告終便抽身而出，只想自由出入。波斯貓跳上對面的花崗石坐椅，白色的毛遮蓋椅上的銘刻，兩隻爪剛巧踏着「撫摸」與「摟抱」兩個英文字。「Vivian 還在求學階段，並不適宜養育孩子，看來惟一的解決方法就是墮胎。」屋主人說得輕鬆，弟弟可是嚇了一跳。「墮胎不是違法的嗎？」「別忘記這裏是紐約。」弟弟鬆了一口氣，屋主人並沒有就此罷休：「問題在於 Laurence 是整件事情的罪魁禍首，我認為費用應該由男方負責才算公平。」「你心目中的銀碼是多少呢？」問號幾乎從弟弟的喉嚨發出來。「反正只是懷孕初期，五百元左右吧？」商議結果，弟弟返回西岸後會把費用匯過來。臨走時，屋主人拍一拍我的肩膀說：「有空多來坐坐。」他就站在布萊克的箴言下，到頭來少女懷春只不過是摟抱後的回報。回家路上，弟弟一言不發，怒氣沖沖地往前行，開門進屋，一個耳光熱辣辣便摑到凌霄的臉上。「敗家子！敗家子！我前世欠了你什麼？今世無端被你追討，多得你，這大半年賺到的比特幣算是報銷了。」看來弟弟心痛的不是凌霄的行差踏錯，而是從他帳戶流轉的貨幣，而且還是虛擬。凌霄抱着頭竄進房裏，弟弟不肯罷休，追進去繼續掌摑，還開始拳打腳踢，我連忙上前阻止。「當初要你管你不理，現在不用你理為什麼你偏又來管？」弟弟的怒焰登時轉移到我的頭上：「你究竟是怎樣的一個監護人？這麼大的一件事，你居然可以蒙在鼓裏完全不知曉？每日你像鴕鳥把頭埋在沙堆，究竟在寫什麼垃圾？誰會讀你的廢話？」弟弟像瘋狗般吠，他可以侮辱我的人格，卻不能沾污我的文章，火氣上升，我衝動得想與他扭打，為免錯手生事將來後悔，我衝上樓，把自己關在工作室裏生悶氣。翌日弟弟便帶領凌霄返回西岸，出機場時，他也沒有勞煩我當司機，聽見喧鬧，我從二樓的窗看見一輛計程車接載他們離去，弟弟並沒有留下片言隻語。

假如我的心理學辭典沒有「芥蒂」這個字眼，情緒完全不受困擾，盡量往好處想，我的行為舉止會是一條通行無阻的直路，人際關係趨近完美，當然有人會受益，我的善行甚至可以造福人群，獲得讚賞。然而我們並不是住在烏托邦，有人的喜怒哀樂，這樣做時只顯得我疏懶，向惡勢力低頭，默默認可一些不軌企圖。做人的最高境界似乎是原宥，可是寬恕並不等於無條件投降，兩個人走在一起，總有高矮之分，我無私地奉獻，對另一個人來說，可能覺得理所當然，再不懂得自我檢討，甚至反省，分明想佔小便宜，卻又美其名為公益事業。當然我的性格也有缺憾，天生是黃道第七宮，凡事講求公正，一面倒的天秤往往令我感到不平衡。凌霄惹事，我完全處於被動狀態，弟弟無端把一個包袱拋到我的膝間，接與不接我應該有權選擇，一旦發生變故，弟弟把所有責任都推到我身上，對我並不公平，如果我想息事寧人，大可以向他道歉，甚至同意分擔一部分墮胎的費用，然而逆來順受，我只覺得對自己不起。弟弟既然一言不發，我也決定採取緘默的態度。

再沒有接到弟弟的消息，只迎來編輯的電訊：「大學教授康復了，打算返回工作崗位，這大半年來，正副編輯與我都很滿意你的表現，讀者的反應亦佳，然而這到底是大學教授的地盤，下星期起請把棒子歸還他。你當然不用另謀高就，你不是提過想做小小圖書屋的專訪嗎？你何不着手蒐羅資料？」

失去專欄，我倒沒有過份惋惜，正好利用這個機會舒一口氣，為自己暖一杯茶，甚至模仿普魯斯特，把一塊瑪德萊娜小餅放在杯裏泡軟，期待融進嘴裏那銷魂蝕骨的一刻，只是在這裏的超級市場找不到瑪德萊娜小餅，只好買來奧利奧漢堡餅乾濫竽充數。吃着孩子氣的餅乾，我惦記遠方一個大孩子，經過大半年的操練，他的廚藝突飛猛進，現在提起他親手烹調的咕嚕肉，我的嘴角依然有點垂涎。還未提到多少日子，他為我診治電腦的奇難雜症。想是人類有史以來破天荒，孩子可以坐到電腦跟前稱王稱霸，倫常的父子叔伯關係顛倒，等級制度宣判死亡，科技賦予孩子權力，傳統的尊卑長幼觀念，改為有商有量的團隊精神，其實雙方面都受惠。當然凌霄的心智還未完全成長，有一次他從屋裏翻出一個棋盤，非常雀躍，隨即向我挑戰，只是找不到棋子，他建議用巧克力豆取代，當時我覺得過份幼稚，況且我俗務纏身，提醒他我還要寫專欄，婉言謝絕。凌霄到底初到東岸長住，一切都覺得新鮮，等到絢爛歸於平淡，他又尋找新刺激，胡亂闖關，如果當初我應允陪他瘋癲，或者他也不致於衝破道德底線？當然這完全是我一廂情願，無中生有，卻是我作為知識分子的專利。坦白說，親愛的，我並不瞭解凌霄。他並不是一個多話的人，和他在一起的時刻，通常他都是緘默，我的腦袋有太多雜念，無暇叩響凌霄的心扉，探入他的靈魂，別看我們有說有笑，話題其實非常浮泛。

一夜我又獨自到山下的餐廳進膳，斜對角的桌子，坐着一個流浪少年，沒有戴口罩，頂端的金髮像頭盔般隆起，底下的毛髮完全剃光，衣衫襤褸，腳下堆滿大包小包，全身最貴重的物品，是一隻金光閃閃的鼻環，惡毒的語言像子彈般從他口中噴射，我們不清楚底蘊，都不敢輕舉妄動。等待警察到來處理的一刻，流浪少年繼續胡鬧，霍地站起來掄起拳頭，與假想的敵人過招，天蒼蒼野茫茫，我驀然感覺到人世間的孤寂淒涼。

屋裏的空氣是這樣沈重，連養在玻璃瓶裏的花也逐漸凋殘，一朵玫瑰花瓣脫落，掉在我翻開的報章，像針把我的視線穿進「倫理學的思辯」裏一封讀者來信：

「你可以把我歸類到青少年，反正家人仍然當我是學童，最近我做了一件錯事，連累爸爸繳交一筆龐大的罰款，我經濟尚未獨立，不知道怎樣歸還？最令我內疚的是，事情還牽涉我的叔叔，他一直對我採取寬容的態度，我卻濫用他的款待，導致他與爸爸不和，我感覺出賣了他，不知道怎樣補償，我想打電話向他道歉，又怕他拒絕接聽，把事情弄得更糟，你有什麼提議呢？——佚名」

我撥開花瓣，看大學教授的答覆：

「你把事情描畫得這樣抽象，怎能指望我給你一個滿意的答覆？我們相信有些事情可以銘記一生，罰款就當是你以後做人的指南針。既然你暫時沒有經濟能力，不如自我承諾，簽署一張因雨延期的有效票，一有收入，便分期給你爸爸清償罰款。我不認識你叔叔，只能測度他並沒有怪罪於你，如果你不放心，可以先發一封電郵，試探他的語氣，為了表示誠摯，你甚至應該親筆給他寫一封信，看看他的反應。祝你好運！」

電影放映完畢，片末可能出現兩句聲明：「本故事純屬虛構，如有雷同實屬巧合。」儘管這封信沒有署名，行藏曖昧，身份錯調，我不認為巧合，有權相信寫信人就是凌霄，他知道我負責這個專欄，儘管身在西岸，不遠千里投函，似乎着意寫給我看，要聽我的意見，不知道我已經交還棍棒。只是一個月下來，我並沒有收到凌霄的電郵，更遑論他執筆的信，我卻相信凌霄有重重鬱結需要開解，我會耐心守候。

一些美好的物事失落了便再找不回來，卻有一些並沒有失落，只是向來不放在心頭，同樣算是錯失。繞過山頭，我重訪另一間小小圖書屋，橫枝亂葉擱在前面，製造小小的懸疑，我的心竟然撲通撲通跳了兩下，然而我實在是太顧慮了，離遠已經看到故知，在陽光下依然燦爛。大肚皮裏盛載的還是暢銷小說，驚險間諜法律愛情兼容並蓄，然而我已經學習不再種族歧視，在這個人手一部機器的年代，有人肯打開書頁尋覓芳香，已經是成功的第一步。倘若讀者被文字吸引，想到深層次的閱讀，實在是額外的恩賜。別來無恙，小小圖書屋又有新的變貌，袋裝書之外，還添置幾張鐳射影碟，好心人更把一隻烹調的木匙羹，用膠袋封好，橫放在書架上任人自便，看來小小圖書屋搖身一變，又是社區交換禮物的場地，還未提交換情報哩！用來作壁報板又有何不可？有人用電腦打印了一張海報，張貼到玻璃門上，是一張尋貓的啟示，黃橙相間的貓模樣放大，失主的地址反為要用放大鏡才可以看清楚，核對門牌號碼，就是後面小小圖書屋主的住所。

晚飯吃過，回家的路只有一條，平時駕車只需十分鐘，今夜我決定鬆弛身心，明知道要多耗費半小時，也選擇暗夜行路。從斜路兜上來，一列黑樹在夜風中放縱，喧嘩如雨，幸虧抖落的都是乾葉，並沒有沾濕我的衣衫。一輛房車在馬路疾馳而過，光影裏有人播放饒舌歌手的說唱，電光石火之際，我就只聽得那麼一句，彷彿靜夜甚至不容許一根針掉落，車主伸手過去掩住歌手放肆的嘴巴。無論路燈怎樣昏暗，我都可以摸黑攀上行車的小坡，車房與大門之間的角落，無端多出一團毛絨球，恍若一球毛冷，不小心脫手從屋裏滾了出來，月光映照橙黃相間的貓毛，我猛然想起日間的海報。小小圖書屋主失貓後，經歷了多少個牽腸掛肚的夜晚，可知道失物就瑟縮在燈火闌珊處待人認領。遺憾的是，我並非養貓人，面對殘局，不懂得怎樣處置，倘若我莽撞地上前撲捉，損手爛腳之餘，還會把貓嚇跑。要是我繞過重重山路通知失主，回來時可能已經錯失良機。我立在小坡的半途扮演銅像，為免再要尋牠千百度。猛然想起對面馬路的小小圖書屋主，也是愛貓的人，我躡手躡腳退下斜坡，橫過馬路，急步走向小小圖書屋，按響門鈴。等待屋主回應的剎那間，我舉頭向天，上面佈滿大大小小的星辰，彷彿天開了一個個小洞，大部分陰暗，猛然一顆放亮，旋又回復黯淡，仰看湛藍的夜空，我卻辨認不出火星和木星，更不曉得恆星與行星又有什麼分別，我甚至不確知哪幾顆星可以組成星座，在廣袤的蒼穹下，我因為自己對天文學的無知而感到羞愧，明天我會買一本天文學書，黃道第七宮之外，我要學習了解其他星座。

原載《大頭菜文藝月刊》二〇二五年三月至六月
總第一〇五至一〇八期

問道於

「相同應該是一種無辜的欺騙。」

——奧爾嘉．朵卡萩《最後的故事》

你

想你小時候經常爬在一張交織着七大洲五大洋的地毯上玩樂，甚至躺在搖籃裏，覆蓋你小小的身軀就是一幅地圖，長大後，你愛上燃油的氣味，經濟一獨立，首要的任務就是採購一部跑車，假日輕觸郊野的邊緣，遇上長假，索性穿州過嶺，甚至捨棄跑車，乘飛機到另一國度，只促使你更易掌握全世界的脈絡。地名深藏在你的腦袋，只要我說出一個地方的街名和門牌號碼，你撿起圖冊當字典般翻閱，就知道乘搭什麼交通工具，東南西北要朝哪一個方向，就算地址是你從未涉足的天不吐。自從互聯網撒開，Google 地圖更像你雙手的掌紋，沿途我只要記掛露水滴在哪一片草葉上，蜜蜂喜歡盤繞的是哪一朵花，懂得哼唱《聖母頌》的是哪一隻鳥，霎那間已經抵達目的地。你不喜歡詩，一提起莎士比亞你便掩耳閉目，更別提要想深一層的小說與電影，然而這又有什麼關係，當你帶我叩響一個陌生人的門扉，當你看見電影裏的街道分佈就知道是哪一個城市，那一刻你在我心中已經接近神靈。相識時我二十多歲，你大我十二年，倚靠你做導向竿，不經不覺已經三十多年。

歲月真是我們最大的敵人，毫不客氣便把你的本事搶走，當時我並不為意，兩人坐在客廳裏聽古典音樂，一向耳熟能詳的曲調，你忽然反問我曲名，我的音樂智識向來不及你豐富，惟有撿來鐳射唱片封套一覽其詳，卻是你心愛的貝多芬《三重協奏曲》。你在互聯網上讀到一些影視趣聞，想在飯桌上與我分享，臨時卻只記得鱗光片羽，啞口無言。你學會隨身攜帶一本記事簿，把概要寫到裡面，到時像舞台旁邊的提場，倒也幫助你記得事情的原貌，可以向我暢所欲言，執拾過碗筷，你把剩餘的粉麵飯盛載小碗，心想放進雪櫃，臨時被其他事分了心，沒有記事簿提示，小碗站在櫃枱上過了一夜。出門前你要戴著遠近兩用眼鏡駕車，遍尋全屋不獲，好一會才記得眼鏡還完整無缺躺在盒裏。到超級市場購物，你帶走一些新貨，總丟下身邊的瑣碎比如圍巾手套信用卡，折回去的冤枉路令你沮喪，你在生活上是個要求十全十美的人，到了一個年紀，人間再沒有喜劇，看著鏡子裏的自己這樣心平氣和，你很是氣憤，暗罵鏡中人是「蠢蛋」，我應該怎樣安慰你？遺忘本是老之將至的一個過程，就像強悍的機械，過了一個階段也經常須要修理。

到諾頓罕尋訪勞倫斯出生地紀念館，我第一次發覺你已失去魔法，每年我們都選擇一個文學國度朝聖，總是你帶路，然而去年從火車站出來，本來說好走十多分鐘才到巴士站，未夠五分鐘，你已經張皇失措，不斷向過路人問津，上車後你依然喃喃自語，不知道巴士走的可是相反方向，於是我知道自己再不能耽在夢中做人，須要充當你的導盲犬，幸虧司機座旁掛有一個牌，用數碼顯示每一個地名，我只好金睛火眼注視，一出現你提過的半途站，立刻按鈴，你依然神遊太虛，彷彿與我的身份對調，以前你本是我心目中的天，幾時跌成一塊地？下車時我跟在你的後面，看見你的背囊有些皺褶，像笑紋，笑來卻有點牽強，果然，下車後你完全失去方向感，再向路人請教，勉強起步，依然帶著猶豫，幸而前幾年我做了激光手術矯正視力，脫去眼鏡，視野反為更加清晰，只是我習慣借重你，依然把眼睛藏在眼鏡盒裏躲懶，這時我一眼看到勞倫斯的名字，不由分說把你拖進去。

下一天的情況更糟，目的地是吳爾芙紀念館，巴士站就在火車站出口，本來輕而易舉，你卻把事情弄得複雜，巴士逾時未到，你忽然懷疑巴士站是否已搬遷，汲汲皇皇尋尋覓覓，冷冷清清，兜兜轉轉返回同一個巴士站，趕在巴士的灰塵後淒淒慘慘戚戚，下一班次在兩小時以後，我毫不猶豫攔截了一輛計程車，上車時你還抱怨為什麼這樣奢侈。

英倫故居之行，詩人有莎士比亞、華滋華爾、拜倫、濟慈，小說家有勞倫斯、亨利．詹姆斯、維琴尼亞．吳爾芙、狄更斯，並沒有包括珍．奧斯丁，她在我的書單並非名列榜首。興許奧斯丁筆下的奈特利先生與艾瑪，從熟稔、爭吵到鬧戀愛，都太接近現實的你我，崩口人忌崩口碗。年齡差距並沒有妨礙你我融洽相處，當時身在福中，有點不顧一切，轉瞬間數十年，才懂得面對現實，知道好景不常，時光總會帶動狂風，從陰暗的角落吹過來，健忘可是認知障礙症的先兆？死亡像夜幕展開？

別責怪我多疑，你母已經離世二十多年，通常隱在記憶不到的角落，淒風苦雨的一夜，卻又會觸動我心底的響鈴。她比現在的你還年輕的歲月，儘管身材長得矮小，走起路來依然健步如飛。（我母又何嘗不是，每次上茶樓吃喝，或是到友人家搓麻將，除了地鐵強迫她安坐，總是急步。）你母從來沒有出外工作，閒來看電影，或者招呼友人回家聽唱片，偶爾打橋牌，沒有牽涉金錢，不算賭博。（我母的職業也是家庭主婦，她惟一的活動卻是賭博，搓麻將之外，週三週六會到賽馬會下注，偷偷溜到澳門的賭場。）要不是對街一副廣告牌，可能長命百歲。（我母也快樂年年。）然而模特兒雙手捧著一瓶香水過份吸引，你母心念是什麼牌子，一腳踏到微突的路面也不自知，摔倒街頭，雙腳從此失去了走動的能力。（我母卻是在家跌倒，當時年紀比你母還大，半夜起來，在幽暗的客廳閒蕩，然而就算燈火通明，她有點痴呆的腦袋也不能辨別方向，踢到傢俬跌倒，再也不能走動。）終日坐在輪椅已經不是樂事，視力也逐漸背叛了她。（背叛我母的卻是電話，以前我母是牌桌上的長勝將軍，家裡的電話天天響，等到她腦力衰退，電話也停止饒舌，人就像麻將牌的多副臉孔，這一局可以幫助滿貫便摸進來，下一局只會礙手礙腳便打出去，而且面不改色，我母就像一襲過時的華衣美服，晾在衣櫥裏等待蟲蛀。）我們到安老院探望，只不過是她眼前晃動的身影。（以前我父在生，我母還有一個上街的良伴，一旦我父辭世，也就帶走她所有的歡樂，以後每天除了吃飯如廁，我母眷戀在床睡了一覺又一覺，認知障礙症也就乘虛而入，公餘時我本來可以多陪伴我母，你又取笑我始終是圍繞母親裙腳的孩子，痛定思痛，我決定學習獨立，毅然把我母送到安老院。）逐漸認知也出賣了你母，身體機能退化，她甚至不知道肚餓，需要肚腹提醒，聽見她飢腸轆轆，我們用匙羹滔一口湯，送到她的唇邊，起初她還張嘴，後來索性雙唇緊閉，就讓湯水像傷痕般流過她早已滿佈皺紋的臉。(我母卻較暴力，我們拿匙羹送上粥飯。她以為我們下毒，一掌格開，粥飯濺到我們身上。)你母長住溫哥華，我母來自香港，兩人被派演的還是同樣的悲旦角色，生命就是這樣不可捉摸，我們只是旁邊飛舞的微塵。

轉瞬間你我已經抵達兩位母親的年齡，似乎歷史重演，我的遲鈍還可以說是天生，你的健忘症完全是體能衰退，真希望我們是擺在案頭的兩件永遠光滑白淨的青瓷，然而青瓷也可以碎裂，我們到底是物主，生下來就要經歷老病死，怎樣可以力挽狂瀾，我實在想不通。你是你母的兒子，她可曾把病遺傳給你？終有一天，我會不會只是你白眼的不明閃光？我母患上同樣病症，或者有一天我的認知也會被械劫。

到了一個年代，曾經被我們視為絕症的肺癆和乳癌，都有藥可治，我們已經厚道地改稱老人痴呆為認知障礙症，醫師還是束手無策。曾經在台灣的《海外中心簡訊》讀到，全球有三萬多種病毒飛舞在微塵中，目前有藥可撲滅的也不過一萬種，當然這只是一位專家的意見，也夠驚心動魄。心頭一陣惆悵，我向窗外的樹木訴苦，陽光底下，草葉油亮翠綠，欣欣向榮，只是我知道，抵達深秋嚴冬，樹木的一些植物細胞便會分裂，落葉遍地，然而樹木的痛苦與失望都是短暫的，到了春天，落葉都倒帶回歸枝幹，重又清白無辜。樹木可以新陳代謝，人卻被剝奪這種權利，隨著年華老去，人的青春就像失物，再不能認領。我抱怨，病理學家研究出多種藥物普渡眾生，為什麼不向樹木打主意？抽取適量的樹脂或葉綠素當口服液，也不需要長生不老，人到遲暮之年，讓頭腦重新敏銳，保留美好的回憶，已經功德無量。

勞倫斯在《查泰萊夫人的情人》開宗明義便說：「我們根本就活在一個悲劇的年代，所以我們拒絕用悲天憫人的態度迎接，大災難已經來臨，我們身處廢墟之中，開始搭建新的小小居所，懷抱新的小小希望，那是艱巨的工作，這時沒有康莊大道通往未來，但我們兜路走，或者攀越故障，無論多少個天掉下來，我們始終須要存活。」只是天掉下來怎樣當被蓋，我毫無頭緒，張皇的時刻我想起他。

他

榮休之前，他從事什麼職業，我並不確切知道，似乎是市政廳的高級規劃師，互聯網興盛，他又無端被提升為資訊科技經理，可以肯定的是，他不開心。榮休後的一個聖誕節翌日，他率領你我到家居附近一個野鳥拯救中心，他是中心的工程主管兼名譽董事，出錢出力但不收中心一分一毫，是個無冕皇帝。中心的太陽特別溫暖，受傷的禽鳥把身體交給護理員與日光，也不用吃太多，已經痊癒，中心便建造一些飛行籠讓牠們練習再展翅，當初他去參觀，純粹被一雙北方侏儒貓頭鷹吸引，臨時卻覺得飛行籠經過二十多年已經破損，再不能夠為遭遺棄和受傷的野鳥提供安全和健康的環境，他便留下來，剝落夾板和支架、豎起弓形框和網布，更在四周挖出兩呎寬兩呎深的壕溝，填滿碎石鋪上防銹金屬鋅，防止老鼠進來侵擾，再安裝複式隔離門，當護理員入籠，病鳥就不易逃脫，中心張臂歡迎他。

他又留意到中心照顧雛鳥的步驟過份繁複，膳食在診所的廚房準備，帶去隔壁的猛禽倉餵雛鳥，來來往往，費時失事，廚房對開的貯物室，為什麼不可以和猛禽倉對調？齊心協力，他與一群義工鑲嵌隔熱飾板、油漆牆壁、鋪設抗潮乙烯基地板，把廚房對開的貯物室，改造成尚佳的育鳥室，還可以騰出空間放置孵化器。中心沒有領隊和下屬，每項工程的主題就是快樂，從中他也得到學習的機會，水禽康復籠旁邊一個深水池塘，往往排走污水就需要一整天，清洗池底再注入清水，又耗費八小時，一次大掃除，禽鳥有兩天沒有地方戲水，後來考察另一設施，發覺人家在廢棄的衛星碟型天線灌注清水，禽鳥就能洗浴。你我到中心觀賞的一日，兩隻北方侏儒貓頭鷹棲息在籠裏的盆景旁，皮毛棕黑帶有斑點，像戴着眼鏡的小鬆糕，你我羨慕貓頭鷹有福氣。執行董事到來招呼，說野鳥拯救中心本是一塊爛地，全靠他揮動神仙棒，他笑說自幼喜歡做木工和觀鳥，每次來到中心，有如艾歷斯夢遊仙境，是中心治癒了他的都市病。

聖誕節你我總在你妹和他家裡歡渡，幾乎成了家規。十二月初，你妹已經發出邀請電郵，大概不想在佳節與其他車主爭路，寧願先發制人自薦為東道主，全家人都在邀請之列，你父母在生時，你負責接送，一家六口交換禮物。後來我父母從香港移民過來，也一起湊熱鬧，然後慈親相繼辭世，苦樂就只有我們四人分擔。接近十二月底，很多時候遇上大風雪，車頭燈照亮白色的粉末結成兩條大纜在前面拉扯，你我的車子幾乎飛起來，你妹和他的原木小屋建在山丘，與市區隔一條鵝腸形的車路，山坡旁猛然站著一隻鹿，頭頂的角沾着雪花，路燈下像金光閃閃的皇冠，大家都不喜歡看電視節目，談天之餘，晚飯前後我們玩遊戲，你妹最喜歡猜謎式的問答，一年中你便從報章雜誌蒐羅各類題目，到時發問，你妹搜索枯腸找尋答案，往往摸不到門路，他輕描淡寫地回答，倒又一語中的。我們也玩各種硬紙板遊戲，國際象棋、跳棋、飛行棋……模仿兒童擲骰子在棋盤上比賽，每當你妹搶先到終點，她會歡呼，算是抓回一點尊嚴，喧嘩中撥開草叢找回一點童真。到了一個時段，你妹須要進廚房準備膳食，你也樂得小睡一會，客廳裏就只剩下他和我，不熟稔的幾年彼此相對傻笑，參觀過野鳥拯救中心，逐漸天南地北地胡扯，我開始珍惜這段兩人獨處的時刻，他的話語總透露機靈與幽默，聽得我哈哈笑，心底的房舍一間間亮起來，這年聖誕我們再相聚，或者我可以提出隱憂，看看他有什麼提議，倒要找個你聽不到的地方，避免你誤會我在背後說你的壞話。

從英倫回來後個多月，接到你妹的電郵，時近感恩節，以為你妹提早為聖誕節做準備，卻是交待他住進醫院，沒有聽說他定時做運動，然而他經常做木工，已經是體力勞頓。四個人之中，他看來最健康，今次以為他只是頭暈身熱，回郵問候，你妹答覆，說他考慮遷入末期病人安養所，目前他想着的卻不是安寧療護，而是入教。平時我很少進教堂，臨時抱佛腳，接著的星期日請你帶我去教堂，為他祈禱。過了三天，再接到你妹的新消息，簡簡單單說他已經魂歸天國。晚飯時你我看電視，尼泊爾西部和印度北部發生 5.7 級地震，你我眼睜睜看着一間間堅固的樓房如沙泥流瀉。

我

鬧來你喜歡用半開玩笑的口吻問：「近來我可有說 I love you？」我搖頭，你便湊過臉來用普通話說：「五二〇。」我並不介意縮短陽壽，多接收幾遍你的柔情蜜意。好事不靈壞的靈，誰料一語成讖，十二月初的一個夜晚，飯後我慣常和你坐在電腦前看串流，你沈迷黑色老電影，心想與你做伴，我惟有奉陪，不記得片名，只知道是侯活曉治監製，只為捧紅多名走馬燈般在身邊流轉的女友，也不計較劇情空洞，一男一女在墨西哥街頭追逐，就是大半部戲，娛樂變成受罪，我乘機開小差到夢鄉。醒來發覺自己躺在白車裏，輔助醫務員給我套上氧氣面罩，我只覺軟弱無力，彷彿整個世界都壓到身上，或者這就是感情的重負。抵達醫院，護士接手把我轉到病床，整晚我半睡半醒，在夢魘支離破碎而又勢不可擋的衝激下自出自入，我甚至無力起床如廁，尷尬地接過護士遞過來的膠樽，胸口忽然一陣翳悶，拜託一顆藥片掏盡我消化不良的積鬱，一陣子我似乎飄浮在雲霧間，接受醫療器材冰冷的檢閱，始終意會，從深夜到黎明，你都守在我的床邊。晨風送來一名醫師，診斷後遞過一張藥方，上面寫着「左乙拉西坦」，彷彿從拉丁文借過來胡亂拼湊的一個字彙，拿到藥房，倒可以換來橙身白蓋的長形膠瓶，裡面盛滿淺黃色的藥丸，橢圓形，一小粒一小粒，像黑色電影用的子彈，射殺躲在腦裏的賊梟，百發百中。回家後翻查網上的百科全書，藥丸卻是用來抗衡癲癇症，想不到自己內在竟有這股魔鬼的力量，而我與身體是這樣隔膜，須要倚靠惡疾發作，才進一步認識自己，每一次病痛都刷新耳目。

十多年前你已經榮休，我依然野心勃勃，不肯輕言放棄，反正是自由寫作人，居家就業，也無所謂退位讓賢。病發之後，拿起紙筆，或是面對電腦鍵盤，腦細胞像一個個小氣泡自動膨脹，只好放自己一個月假，幸虧沒有稿約，毋須擔憂大腦不靈光。在家閒坐我又感到無聊，撿來書讀，白色的煙霧立刻像乾冰噴進腦袋，模糊了我的視野，眼前遊動的只是一行行黑色的蚯蚓。退而求其次，我播放一張鐳射唱片，想給寂寞的樓房一點熱鬧，就算輕柔的古典音樂卻也感覺刺耳，病打亂了我生活的規律，白天惟有睡了一覺又一覺，晚上感謝侯活曉治，他監製的一系列腦袋放大假的黑色老電影，正好與我相濡以沫。頭昏腦脹一直持續到聖誕節，你我若無其事到你妹家過節，大家圍坐玩「大富翁」，假設的地產交易，居然弄得我手足無措，只好棄權作壁上觀，擲骰子的遊戲幻成高深莫測的活動，剎那間眼前的景物流動而又深不可測，伸出雙手也抓不著邊際，我處於玩泥沙的單純狀態。

吃晚飯時你妹通常與他對坐，你我並肩同坐一邊，這年他不告而別，你妹邀來一名失婚女友，佳節沒有消遣，湊足四人，彌補他的空缺。玩遊戲時你妹依然嘻哈大笑，沒有因為他淡出而哀傷，只是飯前向他的主家席舉杯。畢竟你妹是虔誠的基督教科學會信徒，認為聖經的字句已經是鋪砌永生路的黃磚，他生前你妹也拒絕商談後事，把信託完全交付一個神靈，對他的離去噤若寒蟬，傍晚趁你妹獨自在廚房洗菜，我溜進去旁敲側擊：「這個多月還好嗎？」你妹避重就輕：「今晚我為你煎的牛扒，想要幾分熟呢？」始終不得要領。等著吃飯時在大屋蹓躂，每間房都佈滿聖誕燈飾，想他生前與你妹合作，是生活情趣，人去後你妹獨挑大樑，相信頗為吃力，我忽然發覺自己對你妹過份挑剔。況且，無論他是受到第五波新冠狀病毒感染，抑或純粹出於意外，都已經不在人世，死因怎樣冠冕堂皇，也換不回他的性命，我就放棄查根問底。回家途中，你靈機一動，猜測他可能長期與野鳥相處，惹來一身病毒，這倒讓我聯想到佛經裏的因果業力，一股巨大得不可思議的力量在背後鞭策，他不由自主奔向前擁抱，並沒有想到道德上的抉擇，後果會影響他的命運，別業促成共業，和義工一同打造保護野鳥的巢穴，他體驗到同病相連，心靈得到透徹的潔淨，連結到潛藏在身體深層的佛性。

醫師的診所打電話來，預約二月底複診，離病發已經三個月，不知道可是醫師過於繁忙，還是他想靜觀病情變化？拜候醫師之前，我卻有功課要做，先要接受磁力共振掃描與腦電圖的檢測。醫院很快便安排腦電圖的約會，二月十四號情人節，我與機器甜言蜜語。遲遲倒未接到磁力共振掃描部門的消息，眼看臨近聖誕節，人人懷著慶祝的心情，病痛都拋在腦後。你比我更焦急，不想我在醫師面前交半份白卷，頻頻致電醫院催迫，想是排期緊密，只能獲得元旦夜的空檔，本來新年伊始進醫院，帶點迷信的心態會感到不是好預兆，只是若果放棄，又不知道要等到何年何月，勉強將就。這幾個月，早餐和晚飯後我都要吞服藥丸，穩妥起見，你在飯桌上擺一隻小瓷碟，到了時候，一顆藥丸便乖乖地躺進碟子當搖籃，等待我伸手。聖誕節來到你妹家，用過晚餐我與你妹談笑，你也偷偷碰撞我的膝蓋，枱底交易淺黃色彈丸。可能因為你患上健忘症，在我的病容上瞥見一個陌生人，既遙遠又接近，你幾乎窺見自己的將來，彼此相似得讓你惶恐不安，於是你對我悉心照顧，算是督促自己。

填妥同意書後簽名，更換檢查衣褲，我跟隨放射師進入掃描室，放射師問我可已剝落身上所有的金屬物品，我毫不遲疑地點頭，他敏銳的眼睛落在我左手無名指的結婚戒指，順手遞來一個紙杯，本來我想在精神上有你作伴，到此也無可奈何。躺到特備的床上，放射師給我一張毛氈取暖，提議我戴上耳塞，隨即開動機器，緩緩把我的身體輸送到掃描儀的內管，事前放射師警告，幽閉的環境可能挑撥我的恐懼感，實情是內管頗為寬敞，起碼可以容納另一個身體，儀器斷續發出噪音，起初傳來聽似「愛活愛活愛活」與「顏顏顏」的聲音互換，隱隱透露一點生機，過了一會，改口說「寶貝寶貝寶貝」，附和的是「打打打」，讓我想到「打者愛也」，「トトト」又有「達達達」回應，聲音之多，難以盡錄，名副其實是眾聲喧嘩，都只像屋外事不關己的車聲。臥在偌大的空間，基本上是一個白色的盒，只不過左右兩邊有裂縫，都用淺青色的透明膠密封，我胡思亂想，倘若死而有知，躺在棺木裏等待土葬火葬，應該就是這個模樣吧？除了偶而與放射師應對，保證自己安好，我無事可做，即管用手指尖輕沾身穿的檢查衣褲，材料估計是棉布或者聚酯纖維，樸素的質感讓我感到安詳，這時我的衣物都鎖進醫院一個寄存櫃，身無長物，無牽無掛，真希望故世後就是這種感覺，我忽然不太介懷醫師閱讀報告後可能傳遞的壞消息。經過磁力共振掃描歌劇般的擾攘，腦電圖就有點反高潮，像樂曲的尾聲。

我依然準備充足，到髮型屋把長髮剪短，早上起來又洗了頭，腦殼驟然變成一塊畫板，任護士用蠟筆在髮間畫上標記，好知道在哪個位置端放狀似小金屬圈的電極，再用軟膏和紗布黏穩在頭顱，然後與電腦接通。躺在床上我看不到鏡子，那一刻我想像自己怒髮衝冠。護士吩咐我深呼吸，睜眼閉眼，我盡量處之泰然，只是蒼白的燈光衝着我面龐忽明忽暗，我禁不住又懷念病前的太陽。

到醫師的診所之前，我問書架討一冊，打發候診的時分秒，也不是刻意求劍，更似順手牽羊，像抽籤。向接待員報上姓名，我坐到你的身旁，端詳書的封套，是上世紀晨鐘向日葵新刊勞倫斯《兒子與情人》的中譯，邊沿不止發黃，而且燻黑。翻開書頁，一塊書籤翩翩在空氣間飛舞，像久被禁錮的灰鴿，趁機傳遞一句早晨的話。俯身撿拾，正面印有一句：「盡量發揮天賜的潛力。」背後是賴納柯翰一段唱詞：「你想戰勝苦痛，先要了解我的厚道，你施贈給我的愛的碎片，本是我遺留的麵包屑，你的苦痛在這裏無足輕重，只不過是陰影，我傷口的陰影。」文字未經大腦，不如寫在水上，於是我默默用心去唸，耳際隱隱有聲音迴盪，穿過千秋萬世。

原載《香港文學》二〇二五年二月
總第四八二期，略有增刪

本創文學 117

疫天行道

作　　者：惟　得
責任編輯：黎漢傑
封面設計：Zoe Hong
內文排版：陳先英
法律顧問：陳煦堂 律師
封面扉頁及內頁攝影：Robert Farringer

出　　版：初文出版社有限公司
電郵：manuscriptpublish@gmail.com

印　　刷：陽光印刷製本廠

發　　行：香港聯合書刊物流有限公司
香港新界荃灣德士古道220-248號
荃灣工業中心16樓
電話：(852) 2150-2100　傳真：(852) 2407-3062

海外總經銷：貿騰發賣股份有限公司
電話：886-2-82275988　傳真：886-2-82275989
網址：www.namode.com

版　　次：2025年5月初版
國際書號：978-988-71098-1-5
定　　價：港幣118元　新臺幣440元

Published and printed in Hong Kong

香港藝術發展局
Hong Kong Arts Development Council 資助

香港藝術發展局支持藝術表達自由，
本計劃內容並不反映本局意見。

香港印刷及出版